花与药

FLOWER AND MEDICINE

何袜皮 作品

湖南文艺出版社
HUNAN LITERATURE AND ART PUBLISHING HOUSE

博集天卷
CS-BOOKY

献 给

外婆张勤玲，外公钮家乃。

夜

月　已　没　，　七　星　已　落

已　是　子　夜　时　分　，

时　光　逝　又　逝　，

我　仍　独　卧　。

————　萨　福

花与药

人物表

你——凶手

王克飞——黄浦警局刑侦科科长

萧梦——王克飞之妻，婚前为仙乐斯舞宫歌女

周青玲——黄浦警局刑侦科唯一的女警官

孙浩天——黄浦警局刑侦科警官

章鸿庆——黄浦警局刑侦科警官

夏若生——法国留学归来的女法医

童海波——夏若生在法国的同学，现为调香师

周局长——黄浦警局局长

董正源——浙江信源银行董事长

董淑珍——董正源之女，排行老三

李欣同——董正源的女婿，董淑珍的丈夫，现为信源银行经理

董家强——董正源长子，在重庆军中任职

董家文——董正源次子，画家

张猛——跟随董家多年的上海司机

王氏——张猛的母亲，董家强的奶妈

郭老三——东新村 1295 号居民，以摆擦鞋摊为生

凤珠——郭老三之妻

郭小勇——郭老三和凤珠之子，棉纱厂童工

赵申民——东新村1293号居民，卖烤肉串为生

牛桂琴——赵申民之妻

李三茂——棉纱厂保安队队长

箬笠——仙乐斯舞宫舞星

兰兰——箬笠的陪伴

迪瑟——忍冬园主人，卖花为生

王赟——《民生报》记者

邓中和——仙乐斯舞宫老板

小林——东新派出所警员

朱世保——青龙帮老大

张新——大光明电影院售票员

刘志刚——京沪卫戍总司令部中校参谋

丁老头——以拾垃圾为生的老头

王司机——箬笠的专职司机

朱韵丽——1294原主人，黑猫舞厅舞女

小茵——朱韵丽收留的女孩

包爷——化妆品贸易公司老板

陈雪娟——黑猫舞厅舞女，朱韵丽女友

1 1294

民国三十四年，十二月八日。

夜。九时。

大雪继续像一头饿兽扑向阴阳街，仿佛要把苏州河畔最大的棚户区和它的罪孽彻底埋葬。

郭老三忧心忡忡地朝窗外望了望。即便玻璃内的水雾和玻璃外的黑暗蒙蔽了他的眼睛，他依然感觉自己看见了大片的雪花在夜空中肆意地旋转，就像家乡那条湍急大河中的白色漩涡，偶尔泛起污浊的黄色和绿色。

毋庸置疑的是，他确实听到了风的呼啸声，偶尔有一阵，他甚至感觉到一只巨人之手正在猛力拍打单薄的墙身。他不禁缩紧脖子，回到床边，用拨火钳拨了拨火盆中新覆盖的一层灰烬。

就在这时，他听到了那一声巨响。

这声巨响也惊醒了他的老婆凤珠和他们十一岁的儿子小勇。

他们三人正挤在阴阳街 1295 号简屋的床上。在这样一个与世隔绝的夜晚，他们自然有些困惑，想不明白这声巨响意味着什么。不过用不了多久，他们就会知道，他们家晾衣服的竹竿被风雪挟带着摔下天台，插入了 1294 号后院中的草棚。草棚的大半个草泥顶随之坍塌。

这巨大的响声同样惊动了在 1293 号喝酒的李三茂。

李三茂是华申棉纱厂的保安队队长。华申棉纱厂是阴阳街上最大的一家工厂，而李三茂俨然成了这一片的治安官，当地居民纠纷都由他出面做主。郭老三家的竹竿闯祸时，他碰巧在隔壁赵申民家喝酒。

三两老酒下肚，李三茂浑身热乎，即便只披一件棉袍站在赵申民家后院的雪地里，也丝毫不觉得冷。他站上一口瓦缸，趴在围墙上，眯起眼睛打量这根竹竿：它的一头插入 1294 的棚屋，另一头指向大雪纷飞、透着天光的夜空。

这时某个念头却让他背脊上起了一丝凉意："你们谁见过那屋里住的人？"在场的人面面相觑，摇头。

李三茂拍了一把郭老三的后脑勺。"走，老子带你赔钱去。"

深夜的巷子里空无一人。大雪窸窸窣窣地下着，放眼望去不见一米外的事物，脚下的积雪已经有十厘米厚。李三茂带了郭老三夫妇去敲 1294 的门，半晌没有反应。三人拢着袖子，站在大雪中不知如何是好。

李三茂突然把手伸向凤珠的头发。凤珠"啊哇"叫了一声，李三茂已经从她头上扯下一根黑色发夹。

他把发夹拧直，塞进锁孔里捣鼓了几下，只听咔嚓一声，锁就开了。

一进门，凤珠立刻剧烈地咳嗽起来，门背后闷热的空气中，弥漫着浓烈的恶臭。

在昏黄的灯光下，眼前的一幕令人惊异。从天花板上挂下来几大块粉色纱帘，在他们带入的气流中微微摆动。寒碜的厅里摆放着一张醒目的暗红色卧榻，可惜天鹅绒套子上被烧了几个烟洞。

望了眼屋里的摆设，凤珠鄙夷地笑了："真当自己住高档公寓了。"

她清晰记得两年前，当她站在平台上晾衣服时，看见邻居一家把衣柜、铸铁茶几、枝形烛台、老唱片机……一样样往这破楼里搬，抬在最后的是这张华丽的卧榻和卧榻上的女人。几个月后，一个担架被悄无声息地抬了出来，担架上铺着被褥，被褥下似有一个人形。再后来，不知什么原因，这一家人突然收拾行李连夜撤走了。

这一间带家具的屋子，也不知道转手卖掉没，至少凤珠以为，1294一直都是空着的。

一块花卉图案的地毯卷起了一个角，铸铁茶几上摆放着东倒西歪的酒杯、尚未燃尽的蜡烛、亮闪闪的怀表、女人穿的蕾丝内衣和烟灰缸。角落里有一台唱片机。

李三茂打了一个嗝，扭头发现有一架小木梯通向二楼，便摇摇晃晃地爬了上去。

他走进二楼的房间，手指在门边的墙壁上找寻了一会儿，却没有发现开关。他跪着爬到了床边，摸到一盏台灯，打开开关。

就在灯泡放光的一刹那，一只黑色的动物哗地蹿走，逃到了床底。

一群幼鼠崽吱吱叫着挤在一起，在它们的小爪子下，是一个黑洞洞的眼窝。就像写错毛笔字后愤而涂抹掉的墨团。

李三茂猛地一惊，跌坐在地。

2 你

夜，大雪。

四国旗在夜色中飞舞，偶有汽车缓缓驶过，车灯穿透纷飞的雪片，照亮墙面上"庆祝抗战胜利"的标语。

你顺着虞洽卿路向北望去，仿似能透过鹅毛大雪，望见仙乐斯舞宫妖冶的霓虹灯，就像她微微转过身，拉开旗袍侧面的拉链，隐约露出桃红色吊袜带和翠绿的胸衣。

再往前奔，若隐若现的歌声迎面扑来，如同情人气息中的暖流，却并不真切。也许只不过是肌肤麻木的幻觉罢了。

你怕冷，把头埋在大衣领子里，脚步更快。

狂风撕扯着一路上的寻人启事，终于，它们挣脱了梧桐树干，飞入了白雪茫茫的夜空。你愣了一愣，继续赶路。

你已熟读了寻人启事上的每一个字。一对可怜的夫妇在寻找十九岁的儿子，大光明电影院的售票员。自从那个深夜从电影院下班后，他便再也没有出现。他们相信儿子只是离家出走，因为一个月前他和父亲有过一次不大不小的争执。他们央求他赶在电影院做出开除决定前回家。

画像上的年轻人不太像他。他本人颧骨更高一些，耳朵更大，眼睛……也不太像。但是，你完全理解，父母善于美化子女的一切。

你是他生前见到的最后一个人。

你承认，当你发现他还活着时，顿时乱了手脚。他惊恐地瞪着你，鼻腔内发出痛苦的呻吟声。

欣喜之情突然充溢胸口，让你忍不住想要放声大叫。你知道自己成功了。

可你读不懂他的眼神——他究竟希望你能帮他一把，还是恳求你别再伤害他？你慢慢地退到桌边，你的手在身后摸到冰凉的刀柄。你不想这么做，你也从来没有这么做过，你的手止不住地颤抖。可他只能去死，和其他人一样。你扑上去，把刀尖扎进他赤裸的胸口，一刀，两刀……直到他像一个被打烂的西瓜。

你是多么幸运呀！今夜早些时候，就在你快走到阴阳街 1294 号时，你猛然发现有三个人影在门前徘徊。如果早一分钟，或者晚一分钟，一切就结束了。

你躲在阴影中，听见了他们的对话。

一个男人说："也许应该明天来。"

另一个说："别以为明天你就能赖掉了！"

一个女人怯生生地说："听说这里住的是个女人，半夜会哭，是死在里面的长三[1]的鬼魂。"

听到这一句，你笑了。你其实并不想笑。你觉得大难临头，浑身冰冷，仿佛你就是那个长三的鬼魂。然后你听见了他们开锁的声音……

是的，现在，当你顶着大雪匆匆逃离的时候，他们已经发现了他的尸体，一个接一个，对着他仅存的一颗眼珠呕吐，恐惧或者愤怒。

现在，你只希望能一脚迈进厚丝绒门帘后的仙乐斯，抖一抖肩上的积雪，搓一搓刺痛的耳垂。你急需喝一杯。不，不是为了暖胃，你

---

[1] 旧时上海的高级娼妓。

只是想让自己冷静，想一想，如何应对接下来将发生的一切。

但这时，你却愣住了。

你发现自己走错了。这里并不是仙乐斯，而是那个无数次把你从噩梦中惊醒的地方！

眼前这座密不透风的建筑，就像一块白色的裹尸布，从半空抖落，严严实实地挡住你的去路。

孤独的塔楼探入夜空，顶着不可捉摸的天光，你仿佛听见那里传来年轻女人的哀号和诅咒。

那一下一下抽打在背脊上的皮鞭，那念着经文却无动于衷的双唇，那闪着沉闷光芒的十字架和像石棺一样牢不可破的黑夜……终于，忏悔、恐惧和孤独一起涌上胸口。

你捂着脸，站在风雪中，哭了起来。

3 尸体

今天是王克飞上任的第 58 天。出门前，他在选择穿什么颜色的袜子时犹豫了一下，最后决定穿黑色。如果萧梦在身边……是的，她会替他做同样的决定。她常说穿浅色袜子的男人不像男人。

王克飞并没有想过今天会和往常有什么不同，他没有想到一踏进办公室，桌上的电话就响了。接线员说这是东新村派出所的小林打来的。

小林在电话那头语气兴奋，声称即将移交给他一具男尸，可能有助于他侦破最近接连发生的失踪案。

王克飞同样没想到的是，他的写字桌上正躺着一封久违的来信。

熟悉的笔迹。信封潮湿，似乎穿越了昨夜那场大雪。

王克飞把信扔进抽屉，锁上。

他坐上椅子，端详着取证科从阴阳街上拍回来的黑白相片，下意识地用手摩挲着脸颊上的一道长疤。每当他感觉反胃、犹豫，或者说有那么一丝恐惧时，他都会伸手去摸伤疤，确认它是不是长牢了。

这道疤是他当年和军阀作战时留下的。那个黄昏，他以一敌四，前胸和后背都被大刀砍中，脸上的这一道不过是小小的附赠品。当时，他躺在敌人和自己的血泊中，以为自己必死无疑，最后是一支经过的马帮把他救了。

大难不死，也没见有什么后福，他只是平平淡淡地活到了三十九岁。他的人生中最为高调的一件事，恐怕是娶了仙乐斯红极一时的歌星萧梦。但他们八年的婚姻并没有旁人传说得那么糟糕，也没有他自己预想得那么幸福。

孙浩天从桌上捡起王克飞扔给他的照片。

照片上是一具穿衬衣西裤的男尸。他头发花白，约莫六十岁，正笔直地平躺在被污染的浅色床单上。他的面部软组织，包括嘴唇和一只眼球，已被老鼠啃光，部分白骨暴露在外。他的西装整整齐齐地摆放在一旁，仿佛起床后他将去参加一个重要的宴会。

周青玲接过照片后，手腕颤抖了一下。她是黄浦分局里唯一的女警官，在整个上海都属凤毛麟角。

照片几乎没有在周青玲手上停留，就传到了章鸿庆手上。他的两只大脚搁在写字桌上晃悠。"阴阳街上死个人不是很正常吗？前年夏天暴发瘟疫，每天早晨都会抛出十多具童尸，再说旁边就是乱坟岗，尸体多到你数不过来。我不明白，这事我们也要管？"

章鸿庆是分局年纪最大、资历最老的警官，从民国十年起就是一名巡捕，后来又成了公共租界里有名的包打听。他一直以为自己会成为黄浦分局刑侦科的科长，可没想到抗战结束后宣铁吾上台，人事通通变动，王克飞突然空降到了他梦寐以求的单人间。

王克飞低头点了一支烟。"从死者的高档衬衫和英国呢料西装看，他不是一般的平民。"

"可笑！难道是市长？还是华申棉纱厂的老板？他跑去那里干吗？找妓女？我敢打赌，有身份的人一辈子也不会去阴阳街。至于身上的衣物，很可能是偷来的。"

其他人闻到了火药味，没有人吭声。

王克飞心底承认，这是更有可能的解释。日本人在一夜间撤离，战火的硝烟尚未散尽。昨夜的那场大雪仿佛预言了末日或迟或早都会来临，不管你有没有敌人，不管你是否已经准备妥当。在这布满阴霾的隆冬，人们最在行的就是"好自为之"，谁又愿意去阴阳街上冒险？

4 你

你总共见过她三次。她也并不是你的什么朋友。

你第一次见到她，是在从蚌埠开往上海的火车上。这是一次短期旅行，你的行李并不多。等你坐定后，她上车了，手上提了两个大藤箱，身后背了一个包袱，踉踉跄跄地挤过人堆，找到了在车厢另一头的座位。

你饶有兴趣地观察她。

她不知从哪儿凑到了这一套并不合身的行头。那件别人穿剩的袍子被修改过腰身，在破了洞的地方绣了一朵梅花。她出门前精心盘过的头发，在火车站被人一挤，又似披头散发。从她走路的姿势看，她脚上的红色旧皮鞋大了不止一码，也许脚后跟填满了棉花。

一个男人站起来，替她把箱子塞上行李架，她的双目眯起来，亲切地称他为大哥。她又从包袱里掏出一块手帕，里面裹了一大把葵花子，请坐在近处的乘客吃。

她长得并没有多么漂亮，长脸、薄嘴唇、狭长的眼睛。有一类女人，即便不漂亮，却具有把握男人的天分，能用眼睛里妩媚的流光和婉转的音色和人打成一片。

不到两个小时，已经有三个男人围在她身边争风吃醋。一个听说她的脚在来火车站的路上崴了，便伸出手去捉她的脚，说要揉一揉。她也不躲闪，只是笑哈哈地打掉他的手。

她去上厕所，回来的路上从你身边经过，转身看了看你和你的行李。

"你在哪儿下车？"她一边与你搭讪，一边软软地倚在座位靠背上，随着车厢一起摇晃。

"上海。"

"我也去上海。你以前去过吗？那里好吗？"她问。

"我从那里来。喜欢它的人很喜欢，厌恶它的人很厌恶。"

她模糊地笑了，似乎并没有听进去你说什么。"我爹妈和我哥去年去了那里找事做，他们写信回老家来，说那里好，叫我一起去。等我立稳了脚，会叫我的大栓哥也过去。"

她说着，羞涩地笑了，从衣服口袋里摸出一张皱巴巴的小纸片，递给你。"喏，这是他们的地址，你认识吗？"

你看到几个大字：东新村 1294 号。

你还给她，摇头道："我不认识。"

你怎么会认识呢？是她太幼稚，以为这个远东最大的国际城市是她的小村子，随便拉个人问问都会听说过她父母的名字。

当时的你，又怎么会料到今后将再次遇见她，并成为她生命中最重要的人呢？谁又会猜到，她将要承受的灾难会来得如此突兀和恐怖呢？

5 谣言

送走了郭老三和凤珠，周青玲耸了耸肩。"谁能想象，有人跟你一墙之隔，你却从来没有遇见过他一次？"

"这证明凶手是有预谋的，他从一开始就小心隐藏自己的身份。"

孙浩天信心十足地说。

孙浩天比周青玲晚一年从警校毕业。他们虽是同年出生，但孙浩天长着一张娃娃脸，喜欢黏在周青玲的身后叫"姐"。

"从没见过？可我见她眉飞色舞，说了很多东西。"王克飞正从办公室走出来，手上端着青瓷杯。

"那些不过是流言蜚语……"周青玲犹犹豫豫地道，"1294 原来那户人家姓朱，凤珠听阴阳街上的人议论，朱家女儿名义上是舞女，实际是个妓女，靠她一人的收入养着这里一家人。但自从她得了怪病后，就搬回 1294 和家人同住，直到死在里面——"

"什么怪病？"王克飞打断她。

周青玲摇头。"凤珠也说不上来。她只说姓朱的人家对此讳莫如深。"

"继续说。"

"在女儿死后半年多，这户人家也突然搬走了，似乎是回了老家。打那以后，1294 就开始闹鬼。有人在深夜里撞见一个穿黑斗篷的年轻女人进了 1294，她走路时双脚离地，像一朵蒲公英。也有人见到一些男人在深夜造访 1294，只见进，不见出。还有人说自从那户人家搬走后，里面时常传来凄惨痛苦的哭声，持续整夜……他们认为是病死的妓女心里有冤念，又化身为鬼魂回来了。可是……凤珠描述得太邪乎了，你知道女人们嚼舌根的习惯……"

章鸿庆仰头大笑起来："难道要我们去捉鬼不成？"

王克飞并不理会，道："通常谣言是穿了衣服的真相，我们要脱掉它的衣服。"

"王科长语录，我要赶紧记下来。"孙浩天果真从口袋里掏出了小本子和钢笔。

马屁精。周青玲在心底很不屑。

"这案子再清楚不过了，"章鸿庆说，"他们临走前把房子卖给了女儿的同行。妓女和流氓合作，把嫖客诱骗到淫窝，再谋财害命。"

王克飞反驳道："可现场的进口怀表和钱夹里的钱都没有被带走。"

章鸿庆不悦："如果不是为了钱，那凶手到底图什么？仇杀？情杀？我们应该去查下疯人院里有没有丢病人？"

"不出意外的话，1294新主人就是凶手。他选中阴阳街，因为那里三教九流混杂，谁都顾不上谁，方便掩人耳目。你们去调查一下，姓朱的人家平时和什么样的人有接触，当年为什么要离开，又可能把房子卖给了什么人？"

王克飞说完后，又清了清嗓子，吸引房间里所有人的注意。

"鉴于发现尸体是个意外，凶手可能并不知情，随时会回去，1294必须二十四小时设埋伏。"

晚上下班前，王克飞站在写字桌边犹豫了一下，终于打开抽屉，取出了信。

信的内容只有短短几行字。

萧梦说她已经回到上海，住在酒店，想和他谈谈。她约他周五中午在蓝宝石餐厅见面。

王克飞感觉喉咙很苦。她没有征求他的意见，甚至没有告诉他，她下榻酒店的名字。

他不敢再读第二遍，仿佛这几个字会散发出刺痛眼睛的光芒。他折起信，重新装回了信封，锁进抽屉。

6 你

你第二次见到她，是两年以后，在金龙剧院门口。

你根本没有认出她来，她倒先认出了你。她不知道你的名字，只是远远地挥着手，叫着："哎！等等！哎！"

你停下来，细细打量了她一会儿。她新烫了卷发，穿着灰斑色狐皮短袄，里面是桃红丝面袍子，手上是一副考究的皮手套。她往昔那张殷勤的笑脸还在，只是掺杂了一丝不易觉察的骄傲。你认出了她。

她叫你老朋友，连声道："真是太巧了！太巧了！我们居然能在这里遇到。"

不远处有两个穿西装的男人正在等她,你看他们点头低语的神态,便知道是日本人。她让你稍等一会儿,跑去和两个男人说了几句话。男人们朝你的方向瞄了几眼,继而走远了。

这时,你才知道她叫朱韵丽。

朱韵丽把你带去黑猫舞厅喝一杯。她说她在这里伴舞已经快一年了。即便她不说,你也知道她不仅仅是伴舞。她眉飞色舞地说起自己住进了黄河路的高级公寓,前不久购置了一台冰箱,夏天可以喝到冰水。她说话时,手腕上的玉镯子滑上滑下,好像在焦虑不安地等待你的嫉妒。

但随后,她又叹了口气,道,虽然现在日子表面上风光了,但她反倒总担忧有些人看不起她,也没结交到什么好朋友,还是感觉和你很有缘分。

你猜想她对每个人都说过这句话,因为你实在想不出,你们在火车上萍水相逢,算得上什么缘分?

她想找个人说说她的苦闷,就从你们分别开始说起。

那天下了火车,已是深夜,她身无分文,又提了那么多行李,不知如何是好。这时,同车厢的男人提议,他那开出租车的亲戚会来接他,可以顺道送她去东新村的地址。她满心感激地上了车。

可一路上,男人的手却绕过他们中间的行李,摸向她的大腿。她开始只是忍，但他却越来越放肆。她大声叫"停车"。司机刚一刹车，她就提了一个箱子跳下车，也因此摔破了膝盖。可还没等她爬起来，司机已经踩油门飞驰出去。

她愣在原地，想想留在车上的那一箱子里装的都是她最宝贝的衣服和给父母捎的竹笋，心疼地哭了半晌。她不认识路，便只好一边问路，一边步行，走到后来，双脚磨出了血泡，她索性脱掉了那双该死的皮鞋。

可当凌晨敲开 1294 的大门后，她才发现信中的一切都是谎言。她从未见识过的、比鞋尖的血泡疼痛许多倍的生活，正在等待着她。

7 乱坟岗

黎明时分，天色蒙蒙发亮，呼啸的北风挟卷着雪尘，叫人睁不开眼。

丁老头每天清晨都到乱坟岗一带来碰运气，管理员因为是他的老乡，便也睁只眼闭只眼。与平日里一样，他在垃圾山上灵活地跳来跳去，翻找值钱的垃圾，诸如铁皮、铜丝、玻璃瓶、断腿的家具之类的。当他发现自己今天运气不佳后，又拖着麻袋，走向了乱坟岗。

乱坟岗上停放了一具具无名尸。一张草席，一块白布，便等着入土了。这几年战乱，大量无名尸由苏州河运到这里，因为无人监管，风吹日晒，腐烂发臭。政府不得不拨款，每隔三日就把无人认领的尸体挖坑深埋。

因为尸体大部分是患病不治的穷人，所以一般人担心传染，不敢接触。丁老头正是占了这个便宜。上个月，他竟从一个老妇人的胸口摸出了一只银镯子。

而此刻的场景，连他也嫌恶起来。前天的暴风雪把覆盖尸体的白布都刮走了。昨天气温回升，雪开始化了，到处都是滑溜溜、湿答答的。乱坟岗上一片狼藉。

他站在乱坟岗上，眺望不远处的阴阳街。

阴阳街以前叫作东新村。最初，只是一个百余人的小村庄，叫小辛庄，一面是大片的农田和芦苇荡，另一面是垃圾场和乱坟岗。民国十五年起，苏州河南岸兴建了不少工厂。流离失所的穷人和来沪谋生的农民陆续在小辛庄附近搭棚建屋。后来住户越来越多，流氓、逃犯、劫匪……都栖身此处，已壮大到一万多人。因为旁边就是乱坟岗，民宅和坟冢一街之隔，死人与活人同住，当地人便称之为"阴阳街"。

那一片通向天边的棚户区，在得了白内障的丁老头眼中，就像一大群贴着地面低飞的黑压压的马蝇。他宽慰地想，他在其中有一个小小的孤独的家。

即便那只是个一米高的草棚，并且被前天的暴风雪摧毁了一半，但那毕竟是他每晚都会回去的地方。他很可能会死在那里，腐烂生蛆，很久不被人发现。但在人死后，还有什么是重要的呢？他更在乎能在牙齿掉光以前，吃上一个热乎乎的肉包。

这时，他低下头，看见在两具尸体中间躺着一个包裹。包裹是用一块镶金丝的黑色披肩打的结，莫非是舞女的陪葬品？

他兴奋地奔过去，用两条极细的胳膊抱起包袱，搂在怀里。

四下张望无人后，他小心翼翼地打开包裹，一团黑色毛发露了出来……

他揉了揉眼睛，借着晨光看清了，这是一张龇牙咧嘴的面孔！他眼前一黑，双脚一软，松开了手。包裹在泥地上打了个滚，彻底散开了，两个男人的头颅各自滚落到一边。

等回过神来，他又惊又怒，连滚带爬冲下了乱坟岗，一边破口大骂："哪个狗娘养的，把死人头装在包袱里！"

融雪的时候气温更低。一点点风，像要在皮肤上刮出血来。

周青玲和孙浩天在低矮凌乱的茅屋之间穿梭。棚户夹成的弄堂两边流淌着两条污浊的小溪，生活垃圾堆积如山，臭气冲天。周青玲不得不折起裙角，捂住鼻子。

令她绝望的是，阴阳街就像一个巨大的迷宫，他们刚刚走到了756号，突然数字又跳到了389号。

前面走来一个瘦骨嶙峋的老人，一个劲地在咳嗽，他们想上前问路，老人立马转去了岔道。他们跟过去，老人已经不见了。

不远处的屋檐下蹲着一个眼睛红肿、形容枯槁的老妇人，守着一篮桑葚。周青玲上前问路，老太太冲身后大喊了几声。屋里走出来一个衣衫褴褛、长发披肩的汉子，大约是她儿子，说要带他们去。

三人经过一条窄街，又穿过宝成桥。

汉子耐不住沉默，发问了："两位探长上那头抓人去？"

周青玲低头看看自己的大衣下露出的一截藏青色警裙，心想大约是自己的装束泄露了两人的身份。

"我们只是去查案子。"孙浩天说。

"是那啥1294的吧？"汉子是北方口音。

"你也听说过？"

"嗯，今早听几个人唠嗑说起。以前住那里的姓朱的，我还打过一次交道。"

"你说朱家的儿子？"

"对。那时我常在宝成桥这一带溜达，有天在街口遇见他，他请我抽了一支烟。谈话中聊起，他叫朱大志，住1294，因为赌钱，媳妇跑了，饭碗丢了。他现在跟他爹学木匠活，问我知不知道哪儿用得上木匠。

"我当时就纳闷，他怎么来问我呢？一般住在宝成桥那头的，不会和我们这头的人搭话，因为他们多半有一份糊口的活，看我们个个都像杀人犯、强奸犯。去他的，这世道就是这么奇怪，他们被有钱人瞧不起，却又瞧不起比他们更穷的人。

"我看他挺诚恳的，答应帮他问问。他抽的烟不便宜，我就很好奇，他们一家哪儿来的钱。他说他有个妹妹混得不错，其他也不愿多谈。我心里都明白。"

"就见过这一次？"孙浩天有些失望。

"两个月后，我去附近一个小赌庄转转，又看到了他。他一脚踩着板凳，叼着烟骂骂咧咧，盯着桌上的牌，眼珠子都快掉出来了。想到上一次见面时，他还很肯定地说他戒赌很久了，我倒可怜起他那个做妓女的妹妹。她陪一晚的钱够他输一晚吗？

"我想着他也未必乐意在这里见到我，便没和他打招呼。再后来我就没见过他，也没听过任何关于朱家的事，直到这次出了命案。"

周青玲插嘴问道："是谁标的门牌号，这么混乱？"

汉子回答："几年前有土匪跑到了东新村，日本警察进来抓，被搞得晕头转向，于是让东新村的几家工厂为居民标门牌号。这里的人家一觉醒来，墙上都被人用白漆刷上了数字。"

这时，他们前方出现一排排简屋，高低错落，一家挨着一家。一路走来，这里的房屋质量最为牢固，也最靠近工厂区，半空中拉满了密集的电线，想必房子里通上了电。

"1294 就在前头，我不送了。"刚要转身，他又捋了捋乱发，道，"两位，听说过这句话没？宁坐三年牢，不住石灰窑。如果坐你们的牢，不用受皮肉苦，不如把我带走吧。"说完，汉子大笑着离开了。

8 你

看着你忧虑的表情，她神经质地仰面大笑起来，露出了一颗镶在口腔深处的金牙。这也是新的，就像她的命运，你暗自想。

她继续说，那个凌晨，她终于找到了东新村的 1294，推开门后，却发现美好的未来只是她一厢情愿的想象。

她的父亲摆摊做木匠，个把月才能接到一单活，根本无法糊口，她的哥哥沉迷赌博，几个月前就已被厂子开除。她觉得心寒，一贫如洗的家里连一张床都没有为她准备。家人脸上的愁云提醒她，麻烦不止这些。

原来，上周，她哥哥的手又痒了，再次光顾了赌庄，这次中了别人的圈套，不仅输掉了房子，还欠了一屁股债，一家人就要沦落街头。他们跪地恳求才换到了两个月的宽限期。无奈，听说女孩在上海挣钱更容易（譬如大部分工厂只招女工），她母亲也不希望她留在村里浪费自己的几分姿色，便写信把她骗来。

她若去工厂纺纱，当然来不及在两个月内支付哥哥的赌债，赎回房子。第三天，她就被哥哥的一个朋友带去了黑猫舞厅。那朋友给日本宪兵跑腿，积累了一些关系。她就是跟那个男人学会了跳舞、简单的日语，当然，还有其他的一些。

她说屈身黑猫舞厅，只是权宜之计。

起先有陌生男人搂她的腰，她都觉得别扭。她计划尽快攒满路费，逃离这里。后来她发现这样挣钱容易，又想多攒一些带回去，为她和大栓今后的生活做打算。

可她却从没有收到大栓的任何回信，这也让她赌起气来。所以后来，当她搬进一个舞客为她新租的公寓，倒在一堆飘散着脂粉气的衣物中时，她突然再也不愿意离开，回到那个穷愁的村庄去了。

她是几个月后才知晓，大栓并非没有给她回信，而是他的三封信都落到了她哥哥的手中。他担忧大栓会来上海找人，便冒充她回信道，她已是日本军官的情人，不会再回头。

她能想象大栓读到信后的愤怒。他恨日本人，日本的空袭炸死了他的舅舅。她更伤心的是，大栓也从此成了鄙夷她的那一个。这才是她最计较的。旁人一个轻蔑的眼神，都能叫她从噩梦中惊醒。那夜喝醉了酒，她发了疯，冲着她的家人叫嚷，是他们毁了她的生活！

可她母亲却粗暴地扯着她身上的衣服，大声问："难道你不喜欢这些料子吗？你不是一直都想要这种金属胭脂盒吗？你还想睡回泥地一样冷的床吗？你为什么只知道抱怨？难道现在你身边的男人真不如那个连自己名字都写不像样的小子吗？你就不应该在吃香喝辣的同时尽点孝道吗？"

她哑口无言，也许因为被说中了。

她并没有被人挟持，对家人境遇的同情也没有深到足以让她献身。她在走一条她内心深处渴望却胆怯迈出第一步的道路，她的家人只是在她身后轻轻推了她一把。

只不过……现在，当她的物质欲望满足的同时，她还希望能捍卫一点点尊严。她把责任推卸在家人身上，是因为她不想连自己都看不起自己。

说到这里，她仰头哈哈大笑："我现在终于能体会了，为什么每个婊子都想立牌坊。"

但这种被说破了的利益交换已经使她失去了对亲情的任何幻想。她冷静地通知他们，既然这房子是她付钱买回来的，便是她的财产。现在，她只是念着旧恩，暂借给他们住。哪天她心情不好了，随时可以把他们赶走。

她喜欢回忆他们听到这番话后瞠目结舌和忧愁的表情。

"你知道我为什么要找你说这些话吗？"她幽幽地说，"因为在火车上，我发现你一直在偷偷看我，你的眼神中有一种东西是那时候的人们看我所不会有的。那是怜悯。也许你当时就明白，我到了上海会遇到什么。

"你告诉我，对于这个城市，喜欢的人很喜欢，厌恶的人很厌恶。我也想告诉你，还有一种人，说不清楚对它到底是喜欢还是厌恶，只知道，快活一天算一天。"

9 邻居

1293、1294、1295 是三栋挨在一起的两层楼简屋，青瓦、裸砖墙和松木门窗。1295是郭老三的家，1293是赵申民家，中间夹了一栋1294。

凤珠大约在窗口见着了他们，扭着小脚跑了下来，用那一副与相貌极不相称的清脆嗓音招呼道："周探长，孙探长！"

"告诉你们啊，我昨天找了一算命的，连他都说，这地方的风水是鬼喜欢的……"凤珠转动着一双小眼睛，"看见黑衣女人的只有赵申民的老婆。可她是个斜眼呀！老人家说，斜眼能看见阴阳两界。"

周青玲突然觉得旁边有人在盯着他们看，背脊一阵发凉。她环顾四周，那些房子的门和窗都虚掩着，里面黑洞洞的，好像藏着很多双眼睛。

"这附近的人家白天都有人在吗？"周青玲问。

凤珠点头，压低声音说："都在，但这里的人不喜欢见到警察……我帮你问过了，没有人知道朱家去了哪儿，又把房子卖给了谁。这户人家古怪得很，平时不与人打交道。老头不爱说话，有时我能从二楼窗口望见他在后院做木工；老太婆是个母老虎，在家总是扯着嗓门骂男人、骂儿子，我也听不大懂她说的哪儿的话。那儿子也确实不争气，一把年纪了没老婆没工作，赢了钱时脾气还好，若输了钱，连路边的野猫都要踢。"

"那这家呢？"孙浩天朝1293的方向努了努嘴。

凤珠翻了翻白眼，低声道："唉，比起活人，我倒乐意和鬼做邻居。"说完，便扭着小脚回屋去了。

周青玲退后一步，看到赵申民家的墙上写了一句话："在此小便，断子绝孙。"抬起头，只见从瓦顶的小天窗里伸出一根竹竿，晾着一排酱肉条。

赵申民是个瘦高个，只剩一条腿。他毫不避讳地主动谈起，几年前一枚炸弹在他身边爆炸，他醒来时已经丢了右腿。他戴着一副茶色眼镜，镜片后的目光冷漠而戒备。他的老婆牛桂琴长了一张马脸，双眼的眼黑都瞥向左边，你根本分不清她说话时是不是在朝你看。

他们白天睡觉，晚上在北苏州路上烤肉串谋生，服务那些看完戏、跳完舞、逛完窑子的快活人。

由于他们晚上不在家，凌晨才收摊回来，所以很少听到隔壁有什么动静。直到今年秋天的一晚，牛桂琴肚子痛提前回家，远远地看见一个穿黑斗篷的女人走在小巷子里。她竖起衣领，把自己裹得严严实实。令牛桂琴惊异的是，那个女人最后悄无声息地进了1294。

"不是你说那女人走路时不用脚吗？"孙浩天不耐烦地打断她。

"这可不是我说的，是别人乱传的。"牛桂琴急了，"我和她距离有十来米远，当时也压根没注意看她的脚。我倒听其他人说，许多男人进了1294，再不见出来。我越听越怕，有一次还梦见隔壁住了个女鬼，抱着我男人被炸飞的右腿，啃得满嘴鲜血。"

当她叙述这些的时候，她的丈夫冷冷地坐在一旁，一言不发，拐杖靠在八仙桌上。

应周青玲的要求，牛桂琴带他们去看与1294相邻的后院。夫妇俩在后院里搭了个茅草棚，放了三口大缸。

牛桂琴掀开木盖，提起一条腌肉给他们看。"前一阵子烤串生意不好，我们索性改卖腌肉了。"

周青玲发现，只要踮起脚尖，便能窥视1294后院内的情形。这样的矮墙恐怕也只防得了君子，防不了小人。

这时，她突然看见一个小小的身影在不远处的矮墙上快速地跑动，仿佛练就了飞檐走壁的本领。想要定睛细看，那小人却从墙头上落下去了。

牛桂琴想起了什么，悄声对周青玲说："你问过隔壁那小子了吗？就是郭老三的儿子小勇。有人看见他给一个男人带路去1294……"

为什么这事没有听凤珠和郭老三提起？

周青玲向他们道别，退出门去。

"小心！"突然，孙浩天大叫一声，把她推向一旁。

只听一声脆响，一根足有一尺长的冰凌子在周青玲身后的雪地上摔成两段。

回头看，屋檐下还挂着十来条冰凌子，如同魔鬼的牙齿般闪着锋利的寒光，条条都可致命。

那一秒，周青玲抬头，发现赵申民正独自坐在屋内，眼睛里闪着同样的寒光。

10 你

已是第二年的夏天。你走在一条小街上，两旁是低矮的瓦房，当时要去哪儿，你已记不清了。上海的气温就像一头逃出笼子的狮子。你走了不多远，背上已经湿了，脖子也渗出了汗。

你贴着屋檐下的阴影走路，突然间，听到身后有人叫你的名字。回头，一个陌生的女孩站在一扇门外。她瘦得就像一根竹竿，穿着带窟窿的背心，赤着一双大脚。

她朝你招手。"请您过来一下。"

那间沿街的平房里没有灯，也没有点蜡烛。刚从明晃晃的太阳下走进阴暗的室内，你就像半个盲人，只能依稀辨出面向大门的一张卧榻上躺着一个人。

卧榻上的人说话了："我就说我们有缘分啊，你看，这不又遇见了吗？"

你认出了她的声音，只是这一次，虚弱中夹杂着自怨自艾。

"刚才你从窗前走过，我一眼便认出了你。可惜坐在黑暗里的人能看见亮处的人，亮处的人却看不见黑暗里的人。"她叹了口气。

这时你的眼睛才稍稍适应这黑暗，你看见房间的墙壁和地板破破烂烂，角落里胡乱摆放着一些高档家具。

"你住这里？"你问她。

"我病了。"她答非所问。

你走向她，看到大热天她却盖着一床厚实的毛毯，脖子以上露在外面。她的面颊消瘦，显得颧骨更高。

"我希望不会吓到你。"她说着，缓缓撩起毛毯的一角，眼睛紧紧盯着你的脸。

你瞪大了眼睛去看，什么也没有……不，不对。有什么不一样了。你不敢相信自己的眼睛。但千真万确，她的身上少了什么。怎么会……

她的一侧胸部凹下去，就像一个塌陷的土矿，另一侧乳房仍在薄衫下可笑地耸立着。

面对你惊恐的眼神，她倒有气无力地笑起来，身体颤抖着说："医生说这叫鬼啃骨，没得治。如果我运气好，鬼放我一马，运气不好，它会一点点把我吃完。看来我的运气真的不好啊，它先吃了我的肩膀，又开始吃我的乳房。你说可笑吗，鬼为什么喜欢啃我，我以为只有日本鬼子喜欢呢。"她故意挤出一个放荡的笑容。

"开始我骗山佐他们，说我去旅行了。我以为自己的病能治好。我真是傻呢，被鬼啃掉的，我还能指望它从嘴里吐出来？我哥的那朋友也不知是有意无意，说漏了嘴，于是黑猫那帮女人就怂恿山佐来找我。山佐脱掉我的衣服，只看一眼，下巴就扭曲了，扯住我的头发就打，好像一切都是我的错，是我装鬼吓唬他似的。

"那帮蛇蝎心肠的女人，又给我找了个驱鬼的道士，搞得满屋子鸡血，差点把我的床单都烧着了。我白白被骗了五百大洋，还叫鬼看了笑话。"

不知道为什么，你的身体在这三伏天里微微打着战，为什么这房间如此阴冷，难道真有鬼埋伏在四周？

你问："然后你搬出来了？"

"是山佐把我赶了出来。房子他要收回去，但我碰过的家具他不要，怕我的细菌传染给他。于是，我就被扔到了这里。至少那时候，我还能自己走路。"

她的眼睛望向坐在窗边，呆呆望着窗外的女孩。"小茵也命苦，从小被卖给有钱人家做用人，因为和少东家打了一架，跑了出来。我们就在这街上遇到了。多亏我还留了一点首饰和积蓄，我给她口饭吃，她就照看我。我疼得受不了的时候，她煮罂粟壳水给我喝。"

▌11 若生

周青玲打开 1294 的大门，微微一怔。

这里就像一个蝙蝠栖息的山洞，每扇窗户都装上了厚厚的天鹅绒窗帘，窗帘后的窗玻璃上又层层叠叠糊满了报纸。

现在，报纸不知被谁撕破一角，一束白晃晃的日光闯进来，正好照在空荡荡的铸铁茶几上。

屋子中央垂挂的粉色薄纱帘已经被卷起，整个客厅一览无余。和赵申民家的寒碜相比，这里可称为豪华。第一眼看去，真会以为自己是站在某位大小姐的闺房里。

但如果留意观察细节，会发现刷成浅绿色的墙面坑坑洼洼，天花板的线条是倾斜的，房子层高也只有两米出头，因此有些压抑。这房间不过是一个蹩脚小电影的布景，不适合清醒地生活，只适合酒醉糊涂的过客们来来往往。

木梯一面紧靠墙，一面是没有上漆的木扶手。

二楼房间糊了淡橙色细碎花纹的墙纸。五斗橱、床头柜空了，仿佛从来没有人生活过。床单被褥都被取走了，只剩下一个光秃秃的床垫，上面仍隐约留有尸体腐烂后渗透的体液。

梳妆台上的镜子碎了，一道裂缝划出了对角线。是谁把它打碎的？

周青玲走到窗口往下望，可以看到 1293、1294、1295 共同的后院。听凤珠提起过，这三间简屋新盖时属于三个兄弟，他们本共享一个后院，后来闹起了分家，便建墙把院子划分成三份，各开一口井，从此互不往来。

这几堵分家墙建得歪歪扭扭，高度不过齐肩。1294 在后院里搭了一个棚屋，屋顶上被郭老三家的晾衣竿捅出来的窟窿尚未修补好。赵申民家的后院也盖了个茅草棚，便是摆放三口大缸的地方。而郭老三家的后院只是一片空场地，几棵枯草从雪地里探出头来。

这一排简屋都从附近的工厂借电，松散的电线在空中交错，好几根都被大雪打断了。视线再远一点，可以望见苏州河。

就在这时，周青玲看见一个黑影从棚屋里钻了出来。

这是一个女人，棕色皮衣，头发乌黑。她咔嚓咔嚓地踏着积雪来到井边，蹲下，不知道在做什么。

周青玲急忙后退一步，离开窗口。

凶手在这里？

她的嗓子又干又紧，想要呼救，可窗外只有白茫茫的雪地和灰色的天空，连一只飞鸟的踪影都见不到。孙浩天去棉纱厂调查情况了，一时半会儿恐怕回不来。她焦躁地在房间里踱步，搓着冰冷的双手，连连问自己："怎么办？怎么办好？"

入行三年，却是第一次和杀人犯单独相遇。

不能再犹豫，如果她跑了，如何和王科长交代？

周青玲环顾空荡荡的房间，目光落在床头的铜制台灯上。她把电线缠在手腕上，掩下楼去。

一楼的厨房有门通往后院。她抓住门把手，深深地呼了一口气，猛地推开门。

院子里没有任何人，雪地的反光刺痛她的眼睛。她踩着积雪奔向棚屋，里面黑乎乎的，同样空无一人。

凶手在她下楼时离开了？

她刚转身，却被一个身影挡住去路，不禁放声尖叫。

一个冰凉的黑色皮手套猛地按住她的嘴。

周青玲慌乱中看见了凶手的脸：黑色的眼窝，红色的嘴唇，苍白的颧骨。

"嘘！我的耳朵已经被风吹得够疼了！"凶手责备道。

确认周青玲恢复镇定后，她才松开手，双手抱在胸前问："你是谁？"

"你是谁？"周青玲喘着气，仍然可以听到自己的心跳声。

眼前的女人约三十岁，穿着男式棕色皮衣，下身是长裤、皮鞋。她的短发烫成了两朵蓬松的云，堆在耳后，乌黑的发色衬得她面色苍白，双唇涂得红彤彤的。她有一个翘翘的鼻子，让她看起来并不严厉。

女人瞟了一眼周青玲的警服，道："我是刚调到黄浦分局的夏若生。你是王克飞的人？"

周青玲立刻明白了，眼前之人应该就是王科长上个月开会时提过的新法医。听说她是一名医学博士，又在巴黎警局受过训练。周青玲一直以为全世界的法医工作都是男人才会做的。警官高等学校虽然也教给女性国术、侦查和用手枪，但她从没有听说过有女人真的可以对尸体动刀子。

她顿时自卑起来。在夏若生面前，她臃肿的棉衣和长裙，以及她的胆小，都让她像一个小丑。她悄悄把台灯藏到身后，问："可你为什么在这里？"

"我本想看看床是不是第一现场，却发现这个。"夏若生走到井边，指着系在桩子上的粗麻绳。"谁会用四根绳子打水，周围却没有一个水桶？"

周青玲不明白她想说什么。

夏若生蹲下身，从井里拔起绳子，指着染在纤维上的一段粉红色，道："这其实是被雪水浸淡的血迹。"

周青玲十分惊诧："你是说，那尸体曾经被人拴在井里？"

"也许不是那一具。"夏若生抓起四根沉甸甸的麻绳，补充道，"也许不止一具。"

这时，附近传来哐当一声响。她们扭过头，只见一个乌黑的头顶在矮墙另一侧一冒，便消失了。

周青玲尚未反应过来，夏若生已经踩着一口倒扣在雪地里的水缸，翻过墙去。

周青玲急忙站上水缸去看，只见夏若生在郭老三家的后院里飞奔几步，扑倒了一个男孩。

在雪地里打了个滚后，小勇被夏若生扳过了胳膊，痛得嗷嗷大叫。

12 身份

早晨，一辆黑色福特汽车停在殡仪馆后门，车后座走下来一对男女。女的穿黑色貂皮大衣，面纱遮住眼睛，由身旁一位年轻男士搀扶着。两名警察陪他们走进了停尸间。

女子摘掉帽子，露出素淡的面容。

警察揭开了白布，女子慢慢靠近尸体。她只瞥了一眼那仅存的半张脸，立刻情绪失控，恸哭起来："父亲！"

她想靠近一点，但尸体的面容确实骇人，于是转身伏在男人的胸口，哭喊着："为什么他成这样了？他到底怎么了？你们为什么不能给他穿件衣服？……"

男人低声道："淑珍，小心身体，我们还是跟周局长谈吧。"

到警局后，周局长把他们领进王克飞的办公室，表情肃穆地介绍道："这两位是信源银行经理李欣同先生和他太太董淑珍，他们刚才去过殡仪馆了……"出去时，他又轻咳了一声，向王克飞使了个眼色。

董淑珍坐在椅子上，泣不成声。李欣同告诉王克飞，接到黄浦分局的通知后，他们连夜从杭州赶到了上海。刚才淑珍和他都已经确认了，死者正是他的岳父董正源。

董正源是浙江最大的银行信源银行的董事长，六十三岁。他于十一月二十日到上海开股东会议。本来李欣同要同来的，但因为董淑珍前一晚打麻将动了胎气，他为了陪她去医院检查，便没有跟来。

听到这里，王克飞用眼角瞥了一眼董淑珍的肚子。旗袍的腰身好像是松了三寸，腹部微微凸起，但站着的时候还真不太容易发现，估计也就三四个月的身孕。

李欣同接着说："岳父住在华懋饭店，连着三个晚上，都给家里打过电话。可第四天傍晚，司机着急地打电话给我，说找不到岳父了。

"他说第三天晚上，他把岳父送回华懋饭店后，也就回家睡觉了。这个姓张的司机从淑珍小时候起就给董家开车了，因为他的家在上海，所以一般到上海出公差，岳父都安排他开车，正好给他个机会和家人团聚。岳父就是这样细心的人。第四天一大早，张司机按照原计划去饭店大堂等岳父，可等了两三个小时也不见他下来，便上去敲门，发现没有人在。等到傍晚也不见岳父踪影时，张司机就给我们打电话了。

"等又过了两天还是联系不上他，我就报警了。之后，一直没有任何消息，我们也设想过会不会是有冤家对头想害他，但是岳父为人低调谦和，在我们的记忆里根本不存在恨他如此之深的仇人。同时，我们也担心会不会是司机和人串通绑票……"他说到这里，小心地看了一眼董淑珍，"可是……唉，既没有勒索电话，也没有任何信息，就这么……"

王克飞沉默了几秒，问："他最后一通打回家的电话，有提到什么特别的人或事吗？"

"那天的电话正好是我接的，我们无非是聊了些银行的业务，岳父又问了下淑珍的身体状况。他说，他那边进行得很顺利，他今天结束得早，第二天上午还要去交通银行办事。我叫他早点休息，似乎还听到他打了个哈欠。"

"接到这个电话大约是几点？"

"晚上八点左右。"李欣同说着，又向妻子投去目光，请求确认。

"前两个晚上呢？"

"晚上九点半左右。"

"司机第二天是几点到饭店的？"

"早上七点半是他们约好的时间。我们和前台确认过，他没有说谎。"

"你的岳父那天八点就回到了房间，他有没有可能打完电话再去哪儿转转呢？"

"这个……"李欣同犹豫了一下，答道，"岳父这两年来上海的次数不多，来了也都是办公事。偶尔去次夜总会什么的，都是商业上的应酬，实在推托不掉。他单独一个人时是不会喜欢那些场合的。淑珍，你说呢？"

淑珍泪眼汪汪地看着两个男人，似乎并没有听明白他们到底在说些什么。

如果不是谋财，不是仇杀，还能是什么？王克飞想起周局长使过的眼色，可这个关键问题，谁也不能搪塞过去。他不得不迂回地靠近他想得到的答案："你母亲知道这个消息后，想必会很伤心。"

淑珍立刻大声抽泣起来："我妈她不在了……"

李欣同自然明白王克飞想问什么。"如果王科长是想知道岳母和岳父感情如何的话，我可以告诉你，他们感情非常好。年幼时虽是家长做主定的娃娃亲，但生活在一起三十年，他们几乎没有红过脸，拌过嘴。可惜岳母九年前得病过世了。"

王克飞无话可说。一个生活果真无懈可击的男人会死在离家五百里外的阴阳街上？他不信。

李欣同的口气变得咄咄逼人："我不明白，现在到底是怎么一回事？你们的调查进行到什么程度了？死因查明了吗？锁定了嫌疑人没有？"

"董先生是在阴阳街上被发现的。据我们掌握的情况，房子的主人是一个女人，所以我才会问到你岳父情感方面的问题……"

这下，淑珍终于明白他们在讨论什么，她激动地打断王克飞："我父亲除了我母亲外没有其他情人！但如果……如果，你说的是妓女的话，我父亲更是绝对不会碰那类女人的！"

过了一会儿，她的声音低下来，看着丈夫问："但我也想不明白，父亲去那种地方干什么？"

王克飞略一沉吟，点头道："我明白了。抱歉，打扰两位，接下来希望能请董小姐辨认一下我们在现场找到的物品中，哪些属于你父亲。"

董淑珍一眼认出了一只金怀表、一个钱夹、一块手帕和一件风衣是属于董正源的。

"可是，钱包里本来还应该有一张年前拍的全家福……"她喃喃自语。

"我想照片应该是被凶手销毁了，这几个钱包里都只剩下现金。"王克飞道，"我听说，你们报案后，还去华懋饭店的房间里领回了他的行李。我们能检查下那些行李吗？"

董淑珍点头。

当王克飞把李欣同夫妇送下楼梯时，一个头发蓬乱，双眼赤红，浑身散发着酒气的男子突然出现在走廊上。他上前一把抓住董淑珍的胳膊，一边摇晃，一边厉声尖叫："父亲是被魔鬼杀死的！他杀死了母亲，又没放过父亲！我早就说了，可你们都不信我！我们董家被诅咒了，谁都逃不过！我们通通要陪他下地狱！"

13 眼睛

年轻人被警察带离时，依旧在高喊："董淑珍！你为什么不对警察说实话？你为什么不告诉他们真相？为什么没人相信我？他杀了我们的母亲，现在是父亲，接下来就是我们了……哈哈哈哈……"

当他歇斯底里的笑声消失在走廊尽头，董淑珍尚未从惊吓中回过神来。

"疯子！疯子！"李欣同气愤地叫嚷道。

"他是谁？"王克飞问。

"他是我的二哥家文……"董淑珍脸色煞白地倚在椅子上。

董淑珍告诉了王克飞一桩往事。

二十一年前，刚满十六岁的董家文就被送去精神病医院待了一年六个月。当时为什么发病，医生也说不清楚。只知道那时候他刚学了一年西洋油画，主攻人物肖像。从某天起，他突然变得疑神疑鬼，总是说画里的人物想杀他，再也不敢单独留在画室。

他每次画肖像的时候，都会在眼睛处留下空白，因为他相信一旦画上眼睛，那人物就活了。到了后来，他的精神彻底崩溃，一会儿哭，一会儿笑，整日胡言乱语，精神恍惚，身体也越来越虚弱，家人不得已把他送去了精神病医院。出院后，虽说身体恢复正常，但他的思想还是偏执，谁都和他说不通道理。若受一点刺激，他就会歇斯底里。

"他口中的'他'是指谁？"王克飞问。

董淑珍惨淡地一笑。"魔鬼。他认为，魔鬼从他小时候起就缠上他了，家里发生一切变故，都是魔鬼的阴谋。他甚至认为大哥家强也是魔鬼的帮凶。母亲生病去世那天，家强正好休假在家，家文就认为两者之间有必然联系。以至于后来，家强都很少再回家了。而这一次，自从父亲失踪后，二哥又不对劲了，整天嘀咕一些怪话……"

"他说过他这么认为的依据吗？"王克飞又问。

"一个病人能有什么依据呢？王科长，你可能觉得这事蹊跷，以为暗藏线索，但请相信我，我们家人听了这么多年，听得耳朵里都起老茧了……如果说真有魔鬼的话，恐怕也是二哥的酒瓶子。"

王克飞没有再说什么。

在离开的时候，董淑珍突然想起了什么，转身对他说："我父亲一把年纪，不可能去找女人花天酒地。如果他去了阴阳街，很可能是受了胁迫，或者被人骗去的。"

她的口气如此确凿，王克飞差点就信了。可周青玲和夏若生带回来的另一个证人，彻底推翻了董淑珍的假设。

新的证人，是郭小勇。

他们回来时，在警局门口撞见董淑珍和李欣同正要上车离开。郭小勇站在台阶上，愣愣地望了一会儿。

夏若生好奇，便问他："怎么，你见过他们？"

小勇的目光追随着车子远去，摇头："我只是看这汽车很漂亮。"

王克飞打量着郭小勇。他头顶锅盖头，脸颊上落了两块红彤彤的冻疮。个子不高，倒很壮实，穿了一件不合身的大褂子，两个袖口挽了起来。

王克飞拿起董正源生前的照片再次问道："你确定照片上的人就是那晚你见到的？"

男孩擦去淌下的鼻涕，点了点头。"那晚天太黑，我没看清他的脸。看起来像是他。"

夏若生推了推他的背。"说说那天晚上的事。"

"我答应过他不告诉别人。他给了我两块钱，他说一块钱是感谢我带路，一块钱是要我保密。"

"放心吧，人都死了，他不会向你把钱要回去了。"夏若生又推了他一把，"说吧。"

男孩嘟了嘟嘴，不情不愿地说了起来："我记得那天是十一月二十二号，晚上十点钟了，我从外面卖完花回去。"

"你不是在华申棉纱厂做工吗？"

"厂子里白天才有活做，晚上我在电影院卖花。"小勇翻了个白眼，继续说下去，"我记得日子，是因为那天放一部新电影，观众特别多。我一直守到电影结束，回家比平时都晚。

"我回来时巷子里很黑，静悄悄的，我听到后面有个人的脚步声一直跟着，就跑了起来。可我听到那人也跑了起来，还一边喊：'请等等。'我觉得他的声音不像坏人，就停了下来。我看到一个男的朝我走过来，一边还喘着气。"

"他长什么样？"

"就像照片上的男人。他的头发白了，看起来比我爹大几岁。"

"他说什么了？"

"他问我是住在这里吗？我说是的。他说他已经在这里转了好久，迷了路。他问我知不知道1294在哪儿，是不是可以带路。

"我对他说，他一定是弄错了，1294里面没有人住。他笑着说：'谢谢你，小家伙，我约了人在那里。'他说带到了，会给我一块钱。

"后来我就把他带到了1294门口，他给了我两块钱，还让我别向大人提起遇到他的事。我进家门的时候，看见他还在门口站着，好像还没决定要不要敲门。"

"你没有和父母说起过这事？"

"没有。"小勇又翻了个白眼，似乎觉得这个问题很愚蠢，"我答应过他的。"

"那两块钱呢？"王克飞将信将疑。

他咬着嘴唇，停顿了会儿，说："还在我的枕头里。"

"你还知道1294其他什么情况？"

"我只知道自从那家人搬走后，它看起来像是个空房子。"

王克飞挥挥手，让他回去，郭小勇却站着没动，扭捏了一会儿，他突然说："我觉得，他是个好人。"

王克飞愣了一愣，想问问这话到底是什么意思，男孩却已经一溜烟逃走了。

谁会在意一个死人是好人还是坏人呢？大家只关心杀死他的人是好人，还是坏人。

14 你

那个下午，你突然想去看看她。这是第一次，你主动想见她，或许是因为，这密集的蝉鸣声和明晃晃的太阳惹得你倍感孤独，也或许，你只是好奇她这几天又被鬼吃掉了身体的哪一部分。

当你转到那条破落的小街上时，几个黑黢黢的人影突然从眼前掠过，霎时如乌云笼罩你的头顶。虽然你看见的只有她们的裙角，但这就够了。你已被她们锻炼成了一条猎狗，能随时闻到痛苦岁月的气息。

你想转身离开，却猛然发现她们排着队，进了她的小屋。

你一时无法思考，莫名的愤怒随即在心头燃烧，让你的胸口隐隐作痛。这是一个阴谋！那个已经骗取你同情的女人，你们之间的一次次偶遇，她得的怪病……都是她们设计的圈套。

你感觉自己的身体在一寸寸缩小，自己成了一只慌乱的老鼠，在烈日下惊恐地奔窜。当年，你正是这样一边尖叫着，一边满院子飞奔。她们试图捉住你，却无法如愿，最后不得不用一件黑色的大袍罩住你，把你拖进了走廊。

她们一直想要抓你回去，就和从前一样，把你关进塔楼。在那里，你终日只能弯着腰，坐在伸手不见五指的黑暗中，听着窗外风和鸟的叫嚣。你唯一可做的，是夜以继日地忏悔自己的罪孽，乞求神的宽恕……

此刻，你来到窗边，蹲下身子，向屋内张望。站在亮处的人要如何才能看见暗处的人？隔着脏玻璃，你隐约看见她们围在她的四周，手中握着蜡烛，口中念念有词。你知道她们在做什么，就如曾经对你做过的那样……

她们走后，你闯进屋子，来到她的床边。

她比你上次见到时更为虚弱，几乎只有眼睛可以转动，两片干燥的嘴唇勉勉强强地开合，吐出一些字句。

"是王医生请来的……她们为我祷告。"

你冷冷地想，被鬼吃掉的，难道它还会吐出来还给你吗？

"刚才嬷嬷告诉我，我可以住到修道院的收容室去，在那里，魔鬼不会靠近我。"她的脸上带着天真的希望，就像一个垂死的人，在尝试最后一种长生不死药。

那一刻，你突然觉得自己被深深地冒犯：她们竟想抢走你唯一的朋友！

你一脸憎恶地警告她："你不能去那里。她们在骗你。"

她困惑地看着你，眯起眼睛笑了。"我有什么好骗的？我还剩下什么？况且我的积蓄就快花完，这屋主也要把我赶走。我还能去哪儿呢？"

"那些伪善的女人！满口让人作呕的道德，整天炫耀她们的童贞，把世间的可怜人都看作罪人。我告诉你，这世界上根本没有什么魔鬼。你只是病了，你需要的是一种对的药。"

她怯懦地问你："我还有救吗？真有这种药？"

"是的。一种药，我已经找到了。它可以帮助你的骨头长出来，就像一个婴儿重新生长。"这个说法令你自己都吃惊。

她抓住你的胳膊，把脸埋在你衣服的下摆中喜极而泣："我真的还可以回到和从前一样吗……"

15 报道

王克飞是被吵醒的。雨点嘈杂地敲打在阳台玻璃门上。窗外雾气迷蒙，偶有闪电在黎明的乌云背后亮起，冰凉的水汽丝丝缕缕地往窗缝里钻。王克飞起床后，为自己加了一件毛衣。在衣柜黑暗的角落里，萧梦的两件大衣依然挂在衣架上。

在他记忆中，上海还没有过这么冷的冬天。这雨一下，积雪应该都快化了吧。

他平时买烟的烟摊不在路口，他打着伞，寻找了一番，才发现烟贩子挪到了茶馆的屋檐下避雨。他买了一包铁锚烟，正在付钱时，"董正源""舞女""阴阳街"等字眼传入他的耳朵。

他转过身去，看到两名刚从茶馆出来的男子拢着袖子站在屋檐下，他便问他们在聊什么。

"你没听说吗？昨晚的《民生报》上讲，杭州一个大银行家死在阴阳街上了。"

"叫董正源，我好像听说过这人。四马路上的铜狮子是他捐的。"另一个插嘴道。

王克飞匆匆走向街对面的报摊，幸好那里还剩了几份昨晚的《民生报》。

他收了伞，把它夹在腋窝下，翻找报上有关阴阳街的新闻。在第二版上印着醒目的大标题：

女鬼还魂
信源银行董座裸尸阴阳街

报道中写道，一个住在阴阳街上的女人本是某舞厅的头牌，因为侍奉日本军官，遭了报应。她的身体被厉鬼一点点啃噬，最后像一把鸡骨头被家人丢弃在乱坟岗上。据邻舍报告，她死后化身为女鬼，色诱男人回家，吸走他们的魂灵，连家财万贯的鳏夫董正源也没能抵抗她的魅力……

报摊老板从王克飞肩膀后面探过头来看："您也关心这新闻？"

王克飞回头看看他，问："你信吗？"

"这年头怪事真多，"老板很在行地说，"仗也打完了，世道也太平了，这富家老爷怎么会放着好日子不过，去那种地方？没准这世上真有鬼。"

王克飞没有说话，他把报纸卷起来，塞入大衣口袋。

当他走进办公室时，周局长正在找他，一脸不快。他是个国字脸，今年五十出头，身体壮如一头牛，腰间总是佩着一把金铜柄的手枪。

"唉，我说你，不是给你使眼色了吗？人刚去世，你就去问董小姐，她父亲是不是嫖妓？李欣同很不高兴，说我们没本事管好治安，还把责任推到死者身上。"

其他人在局长面前噤若寒蝉，都把目光投到王克飞身上。

王克飞一边脱掉大衣，一边漫不经心地回答："我还没来得及问遗产分配的事呢。董正源的几个子女都有嫌疑。"

周局长立刻双目圆瞪。"我警告你，这种没有根据的怀疑放在你心里就行。"

说着，他又看了看屋子里其他人。"每个人都听着，董家不希望董正源死在阴阳街上的事泄露出去。死因报告还没有出来，一切都是猜测。你们每个人都要管好自己的嘴巴！"

他话没说完，王克飞已经从口袋里抽出那份潮湿的《民生报》，扔在桌上。

周局长看完后，面色发青，气急败坏地敲着桌子。"认尸的事只有刑侦科的人知道，你赶紧给我查查是谁走漏了风声。"

周局长离开后，大家默默传阅了《民生报》上署名王赟的那篇报道。

"怎么没人说话？是你们中间的谁吗？"

"当然不是。你自己的人还信不过吗？"章鸿庆道，"会不会是那个夏若生说出去的？"

"看起来这个王记者的侦查工作比我们出色。"报纸回到了王克飞手上，他又读了一遍，问："被鬼一点点啃噬骨头……这是什么病？"

"难道真有这种事？"孙浩天挺直了背，似乎打算讲一个漫长的故事。"以前听我姥姥讲，她老家村子里有一个人被鬼啃了骨头。那时候我不信，总觉得她编故事吓唬人，可她说，这是她小时候亲眼见到的。

"那人有天醒来发现自己的两边膝盖没了，就像被人用大勺剜去，却一点血都没有流。他从此瘫痪，终日躺在床上。可鬼还是没放过他，今天吃他一条小腿，明天吃他半张脸，他被越吃越小，死的时候心脏都露在体外。姥姥还说，只有做了遭报应的事，才会招这种恶鬼上身。比如那个男人，他临死前哭着忏悔，是他杀死了邻居家失踪五年的小儿子，埋在了屋后的玉米地里。

"所以啊，如果要避免这恶鬼缠上自己，第一要规规矩矩做人，第二要随时在身上带一把祖先的骨灰辟邪。"

"这么说，你小子身上挂的就是骨灰咯？"章鸿庆伸手去抓孙浩天脖子上的挂件——用红绳串着的蓝色陶瓷小球。孙浩天在办公室提起过，这是姥姥的遗物。

"别瞎摸，章大哥。这球是空心的。"孙浩天把挂件藏进衣领，"我不做坏事，不担心。"

"幸好只是《民生报》，它从来都是胡说八道，我觉得市民也未必相信。"周青玲试图安慰王克飞。

"这篇报道给我的感觉是这记者确实知道些什么，却又不愿意涉及核心，而是故意在周围兜兜转转，说些骇人听闻的话。如果说是我们的人泄露了死者的身份，那他又是从什么渠道知道1294舞女的背景的？"王克飞点燃了新买的香烟。燃烧中的烟丝的气味终于使他在隆冬的雨季感到一丝温暖。

16 想象

"王赟！有人找！"随着一声吼，一个戴圆眼镜的女孩气急败坏地从里间走了出来。"还让不让人写稿？怎么事那么多？"

她看到孙浩天身上的警服，愣了愣，问："警官，我是偷东西了还是放火了？"

孙浩天打量了她一会儿，嘀咕道："看名字，我们都以为是男人……那篇1294的报道就是你写的？"

"是我。难道是我的报道干扰治安了？"

"不是。"孙浩天对这其貌不扬的丫头感到很不屑，却要挤出一丝笑容，"我就想向王记者了解些情况。"

"我知道的，全都写出来了！"王赟说着转身往里间走，"如果有什么我能向你交代，却没有向读者交代的，我这饭碗就保不住了。"

孙浩天紧跟上去。"那么，就说说你的消息来源吧！"

王赟已经回到座位上。拥挤的小隔间内摆了三张桌子，另两张的主人不在。王赟收拾起桌上写了一半的稿件，似乎怕被孙浩天偷看了去，嘴中咕哝道："没有消息来源，都是我想象的。"

"原来贵报上的新闻都是大记者们在办公室里想象出来的。那您的两位同事应该不是出去采访了吧？只要做个梦，什么内容都有了。"

王赟理完桌子，推了推眼镜，才回答："主编说了，合理的想象能弥补缺失的信息。即便我们不写，读者自己也是会想象的。"

"说得好！"孙浩天拉了一把椅子，在她侧面坐下，"那王记者再给我想象一下，1294 的新主人是什么样子的？"

王赟强忍住快要散开的笑意，道："哪儿有新主人，我这不写了，是女鬼吗？"

"你真的信鬼？"孙浩天凑近，诚恳地望着她，"或者你见过鬼？"

"我倒没见过，这辈子也不希望有机会见到。"

"那我再帮助你扩展一下想象力。交际花最后被鬼一点一点吃完的时候，就剩一张人皮摊在地上，但眼睛还瞪着。"

"好故事。"王赟终于笑起来。孙浩天发现她也不是那么难看，笑起来脸颊一侧有酒窝。

"我知道，你是想保护你的线人。这不矛盾，警察的任务不也是保护线人吗？"孙浩天道。

见王赟没有吭声，他一拍大腿，叫起来："噢，我知道了！你的线人就是凶手本人。"

"什么呀？"王赟又摆出一张臭脸，烦躁地甩甩手，"别瞎猜了。"

"你若不合作，我就帮不了你了。"孙浩天把警帽戴回脑袋上，口气严肃地站了起来，"下午若是我的同事来，会直接把你带回警局调查。你最好让你父母准备一点红花油啊，药膏纱布什么的。"

"什么红花油？什么药膏纱布？"王赟一把拉住孙浩天，"你以为我会被吓到吗？"

"不是。只是善意提醒一下被请回警局接受调查的待遇。"

"你到底想知道什么呢？"王赟烦躁地问。

"你那篇报道里，去掉想象成分，剩下的灵感是从哪儿来的？"

"好啦，我告诉你，是一个常混舞厅的人说的。那人以前常去黑猫，后来觉得那里的舞女质量变差了，就去仙乐斯跳舞。他碰巧认识了两个舞女，发现了一些巧合，对你们没什么大价值。"

"有没有价值，不是你说了算。"孙浩天摘掉帽子，又坐了下来。

"他是总编的朋友，我们叫他包爷。那天他来报社玩，正好有人带回消息说 1294 发现的尸体是董正源。他听了，便说他见过董正源。几个月前，他上仙乐斯舞厅跳舞，一个朋友悄悄指给他看舞池中一位风度翩翩、年过花甲的男人，说那就是信源银行董事长。和他跳舞的，是仙乐斯的红舞星。

"我们正讨论，董正源一把年纪还这么风流，死在阴阳街那种地方也许也和女人有关。包爷又说，他倒认识一个黑猫舞厅的舞女住在阴阳街上，可惜和那位红舞星不是同一个人。

"他认识的舞女姓朱，很受日本舞客欢迎，后来却突然销声匿迹。他听人说，朱姓舞女得了一种怪病，死在了阴阳街上。我们后来一调查，竟发现那朱姓舞女和董正源一样，死于 1294！哪儿有这么巧的事？

"可这两者的死亡时间相隔一年多，生活也没有交集……这之间到底有什么样的联系呢？我是想不明白了。总编不想错过大新闻，又不敢把那位红舞星的真名写出来，怕惹上官司，所以……我们最后决定走传统路线，写一个大家都喜欢看的鬼故事。"

孙浩天一直激动地握着警帽，此刻，他舔了舔干燥的嘴唇，谦卑地问道："那么，可不可以告诉我，那位红舞星叫什么？"

"你倒不如让我把凶手名字告诉你得了！"王赟讽刺道，"你是不可能从我嘴里知道她的名字的。我又不领警局薪水，有本事你们自己去查好了。"

孙浩天笑一笑，站起来。"行。我自己去查。"

他刚走到门口，身后又传来王记者的声音："这下你满意了吧？下午你的同事不用来了吧？"

"嗯。不用来了。"孙浩天站定，转过身，"我也想顺便告诉你，那个收了你钱的线人以后你恐怕都用不上了。"

"什么线人？我听不懂。"

"别装了，就是陪董家人去认尸，又把消息卖给你的警员。他今天上午已经被停职了。"孙浩天说完后，得意地戴上警帽，走出门去。

17 你

你带了药去见她。她看起来精神好了很多，穿了一件宽松的绿色绸衣，上半身斜靠在那里。

她抓住你的手，把纸包里的褐色粉末举到鼻子前，用力嗅了一嗅，如同吸食了鸦片一般浑身轻微地哆嗦。她立刻打发小茵去煮药。

"小时候有人给我算过命，说我在二十一岁那年会有一劫。如果遇到贵人，就能逢凶化吉。想起来，你就是那个贵人。"她淡淡地笑着，把碗中散发着野葛气味的药水咕咚咕咚喝进肚子。

你心想，原来，你在火车上遇见她时，她显得老气横秋，却也不过十九岁。

喝完药，她的体内仿佛注入了新的能量，又恢复了激昂的斗志。

她开始安排起她的未来。"等我的病好了，我要换一家舞厅跳舞，再也不要留在黑猫那种下流龌龊的地方。我会比以前更美，就让山佐懊悔去吧。我还要让那帮蛇蝎心肠的女人后悔她们对我做过的事。我要咒她们的下半身和她们的心一样烂掉！"

你抚摸着她弓起的颤抖的背部，就像安慰一只发怒的猫。

是的，复仇这个字眼，几乎占据了你的一生。

喝下这仇恨之水吧！这是唯一能解你心头之渴的清泉。等我们死后复生，所有伤害过我们的人都将付出代价。

18 名片

孙浩天走进王克飞办公室，把董正源遗嘱的副本放在他桌上。他照王克飞的吩咐，偷偷联系了董正源在上海的律师，因为王克飞不希望在发现任何线索前，先激怒了周局长。

王克飞翻看了一遍遗嘱后，摁灭了烟头，道："这么说，最大的受益人会是董家强。信源银行的大部分股份，不少黄金和现在的董宅都是留给他的。"

"没错，这遗嘱看起来确实不公平。我听律师说，遗嘱是三年前立的。但这三年董淑珍和李欣同协助老头比较多，也许他的心思有所偏移，只是还没来得及更改遗嘱……"他在王克飞对面的椅子上坐下，"可是王科长，我们难道应该怀疑董家强吗？如果是为了钱的话，他只要愿意回来替父亲打理生意，一切不都还是他的吗？"

王克飞点了点头，摩挲着下巴，又读了一遍遗嘱。"董正源的死对董家文来说也未必有利。他每月和父亲拿开支，生活倒也稳定。父亲一死，就算有一笔数目不小的遗产到手，也很快会坐吃山空。再者，听说他和大哥关系不好，以后若再想伸手要钱，恐怕很难了……"

"那会不会是他缺钱用，跟父亲借，又遭到拒绝？"孙浩天问。

"你去调查下他最近的财务状况，会不会在哪儿欠了赌债，被人逼急了。"

"明白。"

"在董正源死前，有其他人知道这份遗嘱吗？"

"律师说没有，遗嘱的内容只有他一个人知道。对了，他倒提起一句，说去年他曾经不小心把遗嘱信夹在了信源银行的文件中，他发现后立刻赶去李欣同的办公室找。幸好李欣同当时在开会，文件夹依然摆在桌上。他把遗嘱信拿了回来，只是并不确定李欣同是不是已经读到了内容。"

"假设李欣同在开会前已经打开文件夹，并读到了遗嘱，那他也不会希望看到目前的结局……"王克飞若有所思地站起来，走向窗边，"你看，他的太太董淑珍只分到了一栋湖边的祖宅和一小部分股票，岳父死了对他有什么好处？如果董家强现在回来接管家业，李欣同的经理职位能不能坐得舒服也不一定。而且董正源这两年和他们夫妇比较亲近，本来董淑珍也完全有时间可以打动他，让他更改遗嘱，现在却没有了机会……"

"王科长，你分析得有理。"孙浩天在他身后说，"这么说，这对夫妇是最没有作案动机的。也难怪，那天李欣同看上去心事重重。"

李欣同差人带来了董正源失踪当晚留在华懋饭店房间里的皮箱。这是一个浅棕色牛皮手提箱，配有先进的三位数密码锁。

李欣同特意在电话中叮嘱："我们不知道密码是什么，一直没能打开……这箱子是岳父上大学那年他父亲给的礼物，还请不要使用蛮力。"孙浩天向他保证，他们不会损坏箱子，并会及时归还其余物品。

于是，当晚八点，刑侦科的所有人瞪着箱子发愣。

"试过他们全家人的生日了吗？"孙浩天问。

"试过了。他们的银行账户也都试过了。"周青玲说。

"不能用蛮力？这李欣同摆明了刁难我们。"章鸿庆道。

"打不开就用刀。"王克飞的声音从角落里传来。其他人面面相觑。

王克飞此刻正站在窗前，背对着所有人。

窗外的天色已经彻底黑了，四马路上的霓虹灯亮了起来，黄包车的铃声和小贩的吆喝声交杂在一起。

对面药铺的招牌上插了一面绸缎的四国旗，也不知道是谁设计的，把中国、美国、英国、苏联的国旗拼凑在一起，此刻它正在夜风中飞舞。

"你们说总共有多少种数字组合呀？"章鸿庆拨到了777，锁还是没有任何反应。

"不过一千种组合。"夏若生从门外走了进来，"如果你们老老实实按顺序，而不是这么跳着来，一个小时就可以把所有的密码试完。"

她走到王克飞跟前，往桌子上扔了一份文件。

在回头的那一秒，王克飞竟觉得夏若生与年轻时的萧梦有些相像……他垂下眼睛，问："验尸报告？"

"不。这是麻绳上血迹的化验结果。"

王克飞坐下，打开报告读了几行，吃惊地抬头问："你认为还有两具尸体？"他也是直到昨天才知道新来的法医是女人，这让他觉得结论的可信度大打折扣。

"四根麻绳上分别是两种血型，和董正源的都不一致，"夏若生强调，"是至少还有两具尸体，也可能更多。"

"董正源不是其中之一？"

"董正源的脖子上没有被勒过的痕迹。"

"你的意思是，还有其他的受害人先死于床上，随后又被凶手挪到水井里？"王克飞点了一支烟。

"没错。凶手也许不希望后到的受害人看见之前的尸体，便把它们临时藏在了井里。"

"等等，我的问题越来越多。"章鸿庆站起来，在房间里踱步，"凶手后来是怎么处置那些尸体的？为什么他不对董正源这么做？既然死者有一个以上，也许董正源和凶手没有很强的社会联系，凶手也不一定有针对他个人的动机，我们是不是应该从其他方面下手？"

夏若生不置可否地耸了耸肩。"1294没有火烧或者腐蚀液体的痕迹，尸体也没有沉入井里，没理由彻底消失，只可能是被转移了。我建议给其他分局发通知，打听最近是否发现可疑尸体。"

这时，身后传来啪嗒一声。他们回头，看到周青玲坐在箱子边，满脸讶异地看着他们。"我按顺序拨到 735，锁就开了。"

孙浩天从手提箱内取出公司文件，突然从纸页间掉出一张照片。这应该就是董淑珍提到的那张全家福了。看来它没有被凶手拿走，而是董正源自己从皮夹里取了出来。

全家福拍摄于影楼，背面写的时间是民国十四年。

董正源坐在正中，穿着长衫。他的妻子坐在旁边，穿深色对襟棉袄，其貌不扬，一副老式妇女的打扮。三个孩子站在他们身后，老大董家强浓眉大眼，肩膀很宽，像父亲。老二董家文则苍白瘦弱，像母亲。他的眼神有点奇怪，正斜着眼盯着母亲发上的头饰。也难怪，拍照片的时候正是他的发病期。董淑珍嘛，说不上更像谁，集合了父母的优点。

箱子角落里有一沓名片，大多是金融界人士的。

"看这个！"周青玲激动地举着一张米色名片。

名片淡雅精致，正面印刷着：

箬笠

仙乐斯舞宫

静安寺街 76 号

电话：53521

背面则是：

周一至周六　晚上 8 点至 12 点

恭候您的光临

更重要的是，有人在名片背后手写了一串数字：1294。

孙浩天一拍脑门叫起来："不会错了！《民生报》记者说的和董正源跳过舞的仙乐斯当红舞女应该就是她！"

"这箸笠是什么来头？"王克飞问。

"你不知道箸笠？"章鸿庆笑起来，"自从那个任黛黛被日本宪兵队长捅死后，还没谁像她这么红过。听说她是仙乐斯老板邓中和的小情人。"

"章大哥真不愧为包打听！"孙浩天凑上前，笑嘻嘻地称赞道。

王克飞并不作声，他用手指夹着名片翻来覆去看了几遍。

薄薄的纸张上弥漫着一缕油墨和粉脂混杂的气味，唤醒了某些隐藏于他记忆深处的时光。

19 包爷

今天又是一场小雪，好像有人在天空中清理他的麻袋，向人间抖落稀稀落落的残雪。孙浩天和周青玲在走进包爷的办公楼前，拍掉了衣服和头发上的雪尘。

包爷的秘书小姐穿着橙色的确良衬衫和格子半身裙，烫了卷发，打扮时髦。她把他们领入一间私密的会客室，说包爷稍后就会过来，又替他们泡了红茶。

"包爷真有眼光，秘书这么漂亮。"孙浩天笑说。女秘书用眼角瞥了他一眼，含着笑，转身出去了。

周青玲往皮沙发上靠了靠，道："你小时候，你姥姥肯定每天往你嘴上抹蜜。"

"青玲姐，这有什么不好呢，图个办事方便嘛。"

"你说这包爷怎么这么有钱？"周青玲环顾会客室内的红木书架和壁炉。

"听说是做进口化妆品生意。"

这时，门突然打开。人高马大的包爷握着烟斗，慢悠悠地走了进来。孙浩天和周青玲赶紧从沙发上站起来。包爷颧骨丰满，像一尊笑佛，直招呼道："两位探长久等了，请坐，请坐。"

"我知道两位来我这里想要什么，小王都告诉我了。其实我也回答不了你们的问题，但我给你们找了一个人。"说着他又走到门外，拽了一个人进来。

那女人一副不情愿的模样，甩掉了他的手，揉着自己的胳膊。

"我看了报道，批评他们了。都什么年代了，还搞神鬼那一套吓唬人呢。"他在他们身边的沙发坐下，跷起腿。"朱韵丽的事情都是她跟我讲的。她叫陈雪娟，和朱韵丽是好姊妹。"

"我是认识她。我们是差不多时间到黑猫的，"陈雪娟忸怩地站在门边说，"但好姊妹谈不上。"

她长得并不漂亮，马脸，狭长的眼睛，眼皮像被什么东西捏住，没法抬起来看人，下排缺了一颗牙。周青玲想象不出朱韵丽会长什么样子，大约和这女人差不多吧。

"你知道她什么情况，坐下来说说嘛。"包爷招呼道。

女人走到周青玲身边静悄悄坐下。"她并不招其他姑娘喜欢，也就我和她最熟悉了。那会儿，她和日本宪兵队长山佐在一起。今年山佐撤回日本去了，她若没死，跟着他也没什么好下场。"

"她是怎么死的？"

"她病了，骗我们说去旅行。后来我们才发现她一直住在黄河路。我们去看她，发现她病得很重，身体被鬼啃掉了好大一块，"她说起这事似乎还心有余悸，"不骗你，我都看到了，就肩膀这儿。还有人给她请了道士驱鬼，也没见有什么用。后来山佐把她赶走了。听说她回到了阴阳街，不多久后就死在了那里。"

"你认识她的家人吗？"

"不认识。但我见过她妈来黑猫跟她要钱，脾气大得很。她妈走后，我见她一人在化妆间哭，安慰了她几句。听她说，她和家人关系不好，她妈就宠她哥，可她哥只把她当作摇钱树。听说他们在阴阳街上的房子都是她花钱给他们买的。"

"可在她死后，她的家人没有好好住下去，而是急匆匆搬走了。依你看，是怎么回事呢？"

"这我就不知道啦。听说她老家的房子被日本人炸掉了，他们也回不去了。不是迫不得已，我觉得她的家人是不会搬出阴阳街的。可如果说，她把房子留给了其他人……她在上海又没其他朋友，能留给谁呢？"

"等等，我倒想起来，"女人突然按住周青玲的手，"我听老钱说过，在朱韵丽临死前，有个十几岁的小女孩一直在照顾她。可是她死后，那女孩也不见了。朱韵丽会不会把房子留给了她？可惜，只有老钱见过这女孩。"

"你说的老钱是谁？"

"是朱韵丽哥哥的朋友，给山佐跑腿，也是他介绍朱韵丽进黑猫的。他必定知道一些情况。可惜日本人败了，他没能逃去日本，上个月在家中自杀了。"

周青玲和孙浩天面面相觑。

20 你

一个月后的一天，你又照常给她带药去。走到附近，听到那间瓦房里传来吵嚷声，你便加快了脚步。

你看见她正从床上爬下来，阻止三个男人抬走她的家具。

"再给我些时间！等我的病好了，我会加十倍把房租还给你们！"她尖叫着发誓。

男人们装聋作哑，继续把一张梳妆台往屋外扔。你听到了镜子哐当碎裂的声音，在平静的午后格外刺耳。

后来你坐在1294的阁楼上，对着这面被划出了一道对角线的镜子，慢慢地装扮自己，等待猎物们的到来。

小茵犹豫不决地站在角落，摩挲着裸足，像一只受伤的小鹿。

"你快帮我劝劝他们！告诉他们，我的病马上就会好了，我又能出去挣钱了！"她试图冲向你，却双脚一软，摔倒在地，呜呜咽咽地哭起来。

你把她搀扶起来，小茵也赶过来帮忙。但就在这时，你愣住了！

你不能装作没看到。她的后脑勺上有一块头皮凹陷下去，她的头发稀稀拉拉地耷拉在上面，如同遮掩着一个天坑。小茵也发现了这一点，惊恐地瞪你。你用眼神示意，什么都别说。

是的，直到她死，你们什么都没有告诉她。

最终，你支走了这三个男人，让他们再多给她两天时间。

她哭得再没有力气，才深深地叹了一口气："那些势利的人啊，他们总有一天会后悔。"

看到你手上的药，她的心情又由阴转晴，用冰凉的双手握住你的手腕。"多亏你的药，我最近感觉好了一些，也不那么痛了。虽然有时候觉得头很重……但这也没什么，大约是在床上躺太久的结果。"

你看着烈日下暴晒的家具，问她接下来两天的打算。

她听了，又哭了起来。"这么大的上海，竟没有我的容身之地了吗？"

"是时候回家去了。"你说。

她错愕地看着你。

"是的，是时候回家去了。"这也正是你不断对自己重复的一句话。

21 仙乐斯

仙乐斯舞宫的门外张贴着三名舞女的巨幅海报。她们三人依偎在一起，摆出曲线毕露的姿势，面颊绯红，眼神挑逗。

王克飞走进衣帽间，从侍者手中取过号码牌。在撩起门帘走进舞厅前，他整了整头发，低头看了看皮鞋尖，就像从前他每次要去见萧梦时那样。

自从结婚后，他再也没有进过仙乐斯，一晃八年过去了，仙乐斯已几易其主。

仙乐斯没有任何窗户，这是舞厅最早的主人沙逊的主意。他希望每一个来客看不见日光，便能忘记现实的承诺。仙乐斯也许做到了。无论层层天鹅绒门帘外的世界如何血腥，时局如何动荡，这里却仿佛从来没有炮火、离别和衰老。

门帘背后是犹太人沙逊的虚幻世界，金银永不褪色，酒永远不会醒。

晚上九时，舞池内人头攒动，欢歌笑语，烈酒的刺激和香水的妖娆在空气中混合着。屋顶张以锦幔，壁纸繁花似锦。微暗的灯光，让视觉所触之物显得并不那么真实，而燥热停滞的空气让人有宽衣解带的欲望。

王克飞找了一个角落坐下。但是再热闹，也终究不如他遇到萧梦那一年。

民国二十六年，刚对外开放的仙乐斯舞宫夜夜七八千人出入。但自从淞沪抗战爆发，白俄舞女离开了，老主顾倒台了，加之上峰下了公务员禁舞令，许多舞厅遇冷。

王克飞自然会回忆起九年前，他第一次在仙乐斯舞宫见到萧梦时的情景。

幕布打开，坐在第一排的王克飞，立刻被她的胸针闪到了眼睛。过后，他才看清楚，她身上的孔雀绿色的旗袍，有些过紧地裹住她丰腴的臀部和修长的大腿。她沙哑的嗓音轻轻吟唱着，眼睑低垂。那迷离的目光，从浓密的睫毛下流出来，若有似无地打量着王克飞。

那一刻，除了舞台，全世界都暗了。

王克飞从来不会去思索爱上一个人究竟是什么感觉。有天深夜，他从床上爬起来，看到萧梦正在他公寓的阳台上抽烟。他看着她被月光勾勒的曲线，在风中颤动的卷发，以及那忧伤的夜色，突然灵光一现，认为自己爱上了她。

他也许知道她为什么夜不能寐。在他们认识之初，他已经耳闻她和叶大的风流事，如果王克飞出现得迟一些，她也许已经嫁去做了三姨太。叶大有什么魅力？他个子比萧梦矮，有一个像犀牛一样肥壮的脖子，脸上的肉堆积起来，把眼睛挤成一条缝。他总是咧开大嘴哈哈大笑，粗短的手指趴在每一个女人的屁股上。

"他的肚子大，是因为里面装满了笑话。"王克飞在与萧梦相识之前，有一次听到她笑着对别人这么说。

与叶大相比，王克飞穷了一点，沉闷了一点。

而萧梦对王克飞是什么样的感情呢？究竟是利用他作为逃向自由的工具，还是在回避对真正爱情的恐惧？女人心的神秘，他永远猜不透，也不想费脑筋。

婚后，萧梦不再去仙乐斯舞宫演出，偶尔出门也只是打打麻将。抗战开始后，她去香港避了一阵，回来后对牌局也失去了兴趣，每天只是懒洋洋地裹着睡袍，坐在阳台上抽烟，看着绿树成荫的思南路。他们曾考虑过要一个孩子，但又觉得不如过了乱世。如今，战争结束了，他们却再也没有提起此事。

三十八岁的萧梦，发髻上偶尔会出现一两根白发，两颊也不再那么神采奕奕。只有当她沉睡时，那略带婴儿肥的脸庞才会透出一股少女的稚幼。

某一天，当他们默默无言地吃着早餐时，连王克飞都觉察到了气氛的尴尬。他明白，她要离开了。

萧梦去了英国，一走就是一年半。她在第一封信里说，她一切都好。是的，她有些想念王克飞和上海的菜肴，但是她打算离开他了。

她还写道，她的人生耗去了一半，她看不到过去，也看不到未来。她像在一片漆黑的迷雾中孤独地生活，她不想再这样下去。

这封信令王克飞大惑不解：她究竟想要什么样的生活？

在最后一封信中，她约他周末见面，谈谈有关离婚的事。

王克飞没有回信，也无处回信。

她知道他一定会去。

音乐开始了。伴奏乐队里有一个菲律宾鼓手和一个吹萨克斯风的黑人。音乐风格也变了，带着一种得过且过的欢快轻松。新的人流缓缓涌入幽暗的舞池，像一只只发光的萤火虫。

"王科长。"

王克飞听到有人叫自己，目光顺着浅灰色的呢料裤腿向上移，发现站在身前的竟是夏若生。她带着意味深长的笑，晃着杯中琥珀色的液体。

"夏医生，你怎么在这里？"

夏若生在王克飞身边的沙发上坐了下来，跷起腿。

"王科长，你能来，我为什么不能？"

"说实话，我已经很多年没有来这种场合。我今天是来办案的。"王克飞举了举杯，啜了一口酒。

他的眼睛从杯沿上方看着夏若生，五彩的灯光从她的脸庞掠过，她夹在耳后的头发与阴影融为一体。

"我来打发时间。我刚回上海，没有很多朋友。"夏若生说。她的白色丝绸上衣柔顺地贴着饱满的胸部。

在她刚放下的杯口上，留有一个清晰的红唇印。"我一直很好奇，蒋委员长曾经禁止男公职人员上舞厅，是否有提到女公职人员呢？"

"我猜男女是平等的。"王克飞轻轻一笑。

这时，一名陌生男子在他们身边的空沙发上坐下。他的双眼被酒精熏得通红。"你觉得她怎么样？"

"她？"王克飞问。

"箬笠，"他朝舞池中一对舞伴努了努嘴，轻浮地笑，"这是今晚她第一次出场。"

王克飞认出了她就是海报上中间的那名少女。远看，她身材娇小，并没有什么特别之处。

"你和她跳过舞？"王克飞问。

"跳过？没有，没有。怎么可能？"男人凄凄然地说，"别的女人给一本舞票都能打发。但我想搂她小腰三分钟，得饿上一个月肚子。她平常都在后台房间休息。你若出得起价钱，得先把舞票交给她跟班，亲自邀请，她才从房间出来。当然，舞票被退回也是经常的事，比如她心情不好，或者嫌那人长得不合心意。"

"还有舞女和钱过不去。"夏若生说。

男人笑："仙乐斯可没有圣女。她推掉的都是些无足轻重的小舞客罢了。"

王克飞没有再接话。他和夏若生默默地坐在角落沙发上，看着箬笠在人群中时隐时现。

"王科长，你肯赏脸跳一支舞吗？"夏若生凑近，突然问。

22　你

你终于说服了她回家去。

临走那天，小工陆续搬走了那些曾经风光过如今却伤痕累累的家具。她坐在卧榻上，忧心忡忡地对你说："我不知道这个决定好不好。"

"如果他们不接纳你，你可以叫他们滚蛋，因为你才是房子的主人。"

她叹了口气："希望我的病早点好。我没法忍受在阴阳街那种乌烟瘴气的地方常住下去，尤其是面对他们那几张臭脸。"

"吃完我给你的药，你的病就好了。"你朝她温柔地笑。

她坚定地点了点头，又习惯性地摆了摆头。"说来好笑，我最近总是能听到脑袋里有液体流动的声音，就像有只桶在井里汲水。"

你当然知道发生了什么。

"也许是躺久了的结果。"你依然这么说。

她点头，从胸口的口袋里摸出一张纸，交到你的手里。"我现在没什么好报答你的，你留着这个吧。"

你打开，吃惊地发现这是她写的一封遗嘱——她把东新村1294留给了你。末尾还细心地签了名，按了血印。

"如果我死了……我是说如果，那它就是你的了。"

说完，她为自己披上一条暗红色花朵的大披肩。披肩包裹住她的头发和肩膀，只露出一双惊恐不定的眼睛。这时，两位搬运工抬起了卧榻。

你看着她的背影，她就像一个波斯皇后，坐在华丽的卧榻上远去。

自那以后，你再也没有见过她。

后来你从小茜口中得知，她回到阴阳街1294半年后，脑后的窟窿越来越大，每个人都见到了，她自己却浑然不觉。若不是那结实的头皮，恐怕脑浆早已流了一地。

但她的情绪倒一天比一天好，喝完药后，她时常哼着歌，对着镜子一笔一画描上口红，仿佛晚上还要去参加舞会。

每天早上醒来，她做的第一件事是摸摸自己的肩膀，看看骨头是不是又新长出来了一些。"为什么长得这么慢？真是急死人了。"她总是一边咕哝，一边催家人熬更多的药给她喝。可药还没服完，她就死了。

你听了，也没有什么表情。她终于解脱了，离开了那个乌烟瘴气的地方。这不是一个坏消息。

但只有你自己知道，你给她吃的不过是一种叫"入地老鼠"的植物。它能带给她的感觉，正如同你那个回家的梦想，虽然美好，却永远只在远方。

这难道是两个萍水相逢的人共同的命运？

23 箬笠

王克飞的手指能透过溜滑的丝绸，感受到夏若生有力的腰肢。他的左手只握住她的指尖。两人之间的距离很大，仿佛可以插入第三个人。他的眼睛直视前方，而她却盯着他看，翘翘的鼻尖不停地颤抖。

"笑什么？"

"笑你一本正经的样子，"夏若生抿着嘴，"放心。即便有熟人看见你，我也可以做证你是来办案的。"

王克飞轻轻咳嗽了一声。兴许是出于报复，他道："刚才我点了一瓶白兰地，小郎便送了我一本舞票。虽然是你主动邀请，我还是会把整本给你。"

"你一定想知道为什么我是这里唯一穿长裤的女人。"夏若生说。

"为什么？"

"我就怕在一旁看看热闹，也有人非要塞给我舞票。"

两人轻轻笑起来，却依然没有对视。

"你的脸怎么了？"夏若生问。

"脸？"身边人早已习惯了他的伤疤，所以连他自己也渐渐忘记了它的存在。

夏若生示意在说他的右脸。这疤痕想必已经存在许多年了，它早已和健康的肌肤生长在一起，远看并不明显。但若从侧面看，便能看到细长的刀疤颜色比他的熟褐肤色略浅，微微凹陷。

"打仗时留下的，"他顿了顿，又补充道，"它时常提醒我，活着已经是对我额外的恩赐。"

他们转了两个圈，靠近了箬笠和她的舞伴。

箬笠穿着杏色亮缎旗袍和黑色绒面高跟鞋。一朵缀亮片的黑色鸢尾刺绣，从她的肩膀，顺着胸部，一直爬到腰际线上。珍珠耳环衬得她的侧脸楚楚动人。

她的舞伴白白胖胖，西装革履，戴金丝眼镜。他说了些什么，让她不时低头一笑。

王克飞把夏若生带到了他们身旁，听见男子说："既然箬笠小姐不愿意看电影，那一起喝杯咖啡总可以吧？……我只想多点时间看看你。"男子语气忘情，同时把舞伴揽得更近一些。

"我怕白天光线太明，巩先生看了箬笠的相貌会失望。"

"哈哈哈，怎么可能？"巩先生笑起来。

停了笑，他又说："有个问题，我一直想问箬笠小姐。"

箬笠没有回答。这时乐曲接近尾声。巩先生便加快语速："邓老板是不是你的男朋友？如果箬笠小姐名花有主，我一定……"

最后一个音符结束时，箬笠已经松开了他的手，冷淡地点了点头，转身离开。

巩先生追到了通往后台的走道上，本想再多说几句，但看见了王克飞和夏若生紧随其后，便止了步，掉头回去。

箬笠正要进房间，王克飞抢先握住门把手。"请留步。"

箬笠惊诧地回头，看看王克飞和一旁的夏若生，问："两位是……"

当得知两人的身份后，她露出一个客套的笑容，道："真是稀客呀，请进。"

房间内还有一个穿素色旗袍的女孩，个子瘦高，童花头。她自觉地回避，轻轻关上门。

房间小而精致，四壁糊金色墙纸，衣架上挂满各式旗袍，梳妆台上摆放着一盆奇花，藕红色的根茎，素白色的大花朵。

箬笠在沙发上坐下，点上一支带青色咬嘴的烟。

"王探长今天来调查的就是失踪案？"箬笠用生硬的中文问，"我一直看报纸，很替他们难过。现在上海太乱了，甚至比前几年更乱。"虽然她嘴上这么说，但王克飞认为她心底并不难过。

很快，箬笠吐了一个烟圈，换上迷人的笑容。"原谅我的中文水平。我正在学习如何说得更好一些。你们也许知道我母亲是越南人，我从小在西贡长大吧？"

夏若生从衣架上收回目光，转过身打量她。

箬笠娇小的身材被旗袍包裹得凹凸有致。这杏色配上她浅棕色的肤色，不俗不艳，像是香草和果仁。

夏若生记得刚才那位舞客说，箬笠今年二十三岁。粉唇、明眸、皓齿是青春的标志。而东南亚人特有的浓密长睫毛，紧实的胳膊和古怪的口音，都让她像一只气味陌生的热带水果。这个城市里的人受够了寒冷和绝望，这异域的甜美正合适他们消遣。

"张新和董正源你认识吗？"

箬笠茫然地问："他们是谁？来这里的客人很多不喜欢用真名。就像箬笠不是我的本名……"

王克飞递给她一张董正源的照片。箬笠瞪大眼睛瞧了一会儿，刚要摇头，王克飞又递上名片。"我们在他身上找到了你的名片。出手大方的客人你不会忘得这么快吧？"

箬笠挤出一丝尴尬的笑容。

"我想起来了！哈，那位董先生。他是位绅士，那晚他请我跳了一支舞，叫人拿了一沓舞票。我主动给了他一张名片，希望他能再来光顾。可惜，他再也没有出现。可你们为什么要问他？"

"这名片上的 1294 是你写的？"

她瞥了一眼，肯定地摇头。"不，不是我写的。"

"他死在了阴阳街 1294 号。而这个门牌号正好出现在你的名片上，难道不是你和他约见的地点吗？"

箬笠的眼珠振动了一下，这是货真价实的惊诧。

"死了？真不幸！你们该不会怀疑我……"

"你能记起他来的那天是几号吗？"

"我怎么记得清日子呢……对了，等等，我能找到。你知道，怕老板少给我们分成，我和姐妹们都有各自的账本。"

她手忙脚乱地从梳妆台下翻出一本白色小本子，打开，指着那一行道："看，是十一月十五日。我发誓，那支曲子结束，我再也没有见过他。"

王克飞和夏若生面面相觑。董正源是十一月二十二日遇害的。

"十一月二十二日晚上你在哪儿？"

箬笠迟疑了一下，问："你们怀疑我？"

"我们目前没有怀疑对象，只是看看谁在上海接触过董正源，能不能帮我们找到什么线索。"王克飞回答。

箬笠将信将疑地把小本子往后翻了一页，揉了揉脑门。"这里写着呢。瞧我这记性！那是最累人的一天，那天是周六，我离开时已快夜里一点。司机把我送了回去，兰兰没睡着，还在等我。"

"兰兰是谁？"

"就是刚才你们在房间里遇见的那个女孩。她比我晚来这里一阵子，暂时与我同住。"

她坐到梳妆台前，扯开发髻上的网纱，抖落了光滑的波浪秀发，背对他们，道："两位如果不信任箬笠，可以去问兰兰或者司机，除非他们的记性比我还糟，呵呵。"

走出仙乐斯舞宫，王克飞和夏若生站在花园里呼吸了一口冰冷的空气，等小郎找出租车过来。四周枯草上的积雪已经融化得所剩无几，圆形喷泉池被冻结，景致有一些凄凉。

夏若生用鞋尖踢了踢冻结的积雪。"1294不是她写的。她账本上的2和4都和名片上的字迹不同。"

"也许是她报数字，董正源写。也或许只是巧合，董正源遇到了其他人，因为找不到纸，顺手写在了她的名片上。"

这时，一辆小车缓缓地驶了过来，王克飞转身问："夏医生，你住哪儿？需要我送你吗？"

夏若生笑着摆手。"不用了，王科长。我自己会回去。"

24 酱肉

王克飞刚回到家，就接到了孙浩天从警局打来的电话。

"王科长，阴阳街上出事了！赵申民被华申厂保安打了！"

发现 1294 尸体那晚，李三茂正在赵申民家中喝酒。临走，赵申民还让他带了两条肉回家，感谢他一直以来的关照。今天傍晚，李三茂的老婆拿出腌肉给丈夫下酒。乳猪肉红油油、热腾腾，肉香中带着腌制品的烘臭，十分诱人。她的儿子嘴馋，趴上桌子第一个动了筷。

当一家人吃到一半时，李三茂突然咬到了一嘴的硬毛，还闻到了一股屎臭。

"×，这个独腿，连毛也不拔干净……"说着，他不禁看了看从嘴里吐出来的蜷曲的黑毛，又疑虑地用筷子拨了拨碗里剩下的腌肉。只见一块深红色的皮肤上，隐约显出一个图案。

他猛地站起来，把杯中烧酒洒在肉上，抹去酱汁一看，竟是一条青龙！他大惊失色，慌忙把哭闹的儿子挟到院子里，抠住他的舌头……

李三茂这下信了。

半年前，赵申民夫妇除了经营晚上的烧烤摊，开始在白天兼卖熟食，招牌菜是盐腌肉。据说肉材是从斜眼女人老家运来的湖南乳猪，所以格外皮脆肉嫩，宜保存，很快门庭若市。

接着，流言便多起来了。有人说这肉是野猫肉，也有人说赵申民夫妇从几公里外的乱坟岗偷尸体加工，甚至有人说，他的右腿正是被他自己切下来剁碎了给客人吃的。他们说，这赵独腿为了钱，心都可以掏出来烤。

李三茂并非没有听说过这些话，只是他始终认为，这是其他小贩出于嫉妒造的谣。赵申民这人虽然贪婪，毕竟胆子小，又是个独腿，要去逮个野猫，或者扛个尸体，简直是天方夜谭。

现在，想不到他们全家竟然吞下了青龙帮一员的屁股，李三茂怒火难消。不一会儿，厂里的三个打手就在苏州路上找到这对夫妇。他们砸烂了烧烤摊和板车，揪住男人痛打。若不是巡逻的便衣出手，赵申民的小命可能已经没了。

赵申民和李三茂一伙人被带回了警局。

半个小时后，警察们冲进 1293，捅开茅草顶，让三口大缸暴露在月光下。他们捂着鼻子，打着手电筒在缸里翻找，最终找出了几片带毛发的皮肤、长着趾甲瓣的脚趾，以及明显大于动物骨头的髋骨……

根据失踪人口登记记录，青龙帮老大朱世保自从十一月一日傍晚和弟兄们喝完酒后就失踪了。他个子不高，体态略胖，和其他成员一样在臀部文了条青龙。

王克飞深夜赶到了办公室。在一堆新证据面前，他不得不做出新的假设。

自己的队伍一直被赵申民夫妇误导，进入了死胡同。根本没有什么黑衣女人，要不然怎么会从没有其他人见过她？这个赵申民利欲熏心，知道朱家人要搬走，就买下了 1294，开了个临时妓院。他们夫妻俩把男人骗回家，杀死，剁碎，做成腌肉。因为头颅不好销毁，就拿去乱坟岗丢弃。

一切合情合理。

可他再冷静一想，心里又有一些疑惑，怕是遭到诘问，也不能回答得理直气壮。以赵申民女人的姿色，又有什么能耐把董正源骗到阴阳街上去？这对夫妇既然如此贪财，为什么放着钱包里的钱不拿？

凌晨四点的窗外依然漆黑一片。铜灯罩映出他的脸，面色难看，他这才觉得疲惫，靠在椅子上打了个盹。

他做了个梦。他走在阴阳街上，还是凌晨四点，没有月亮。

街道上空空荡荡，只回荡着野猫的叫声和鞋跟敲击地面的声音。他以为这是自己发出来的，但当他停下时，那脚步声却在继续。

他寻找声音的来源，发现一个身材高挑的女人走在黑暗中，她的鞋跟敲击地面的每一下，都让他心悸。但他看不出她是在走向他，还是在远去。

他揉揉眼睛，想看清楚她的脸，可无济于事。

突然间，他又站在了仙乐斯幽暗的舞池中央。曲子换了。弹吉他的南洋老头和打鼓的黑人在演奏，乐队其他人却不见了。他们反反复复演奏同样几个音符，就像着了魔一般，越来越快，越来越着力，仿佛要把鼓敲碎，把琴弦弹出血来……他受不了了，头痛欲裂。

这时，幕布缓缓拉开。他有些紧张，他并不期待这样与她重逢。他们不是约好了在蓝宝石餐厅见面吗？

但他发现站在舞台上的竟是箸笠。她浓妆艳抹，打扮得像一个八岁的小学生，穿着白色连裤袜和红裙子，随着疯狂的音乐蹦蹦跳跳。他看了想笑，又有些想哭。

25 审讯

牛桂琴一宿没睡，坐在惨白的灯光下，不停抽泣。昨晚在和保安们的扭打中，她的头发被扯乱了，胳膊上青一块紫一块。

"我从来没见过什么死人，若见到了，怕都怕死了，怎么敢碰他们啊。"女人委屈地说。

"你以为他对你有感情吗？他什么都招了。他说人是你骗回阴阳街的，主意也是你出的。"说完，章鸿庆朝身后使了个眼色。"铐起来。"

女人挣脱警士，抓住章鸿庆大叫："冤枉！冤枉！都是他干的，他逼我的！"

"我就知道不对劲……"牛桂琴啜嚅着。

她说起五个月前发生的事。

"那天凌晨，我回到家后，听到后院传来奇怪的声音。我站在窗口，只见他一个人蹲在那里砍什么东西，天太黑，看不清楚。我有点怕，在窗口叫了他一声。因为我们几个小时前刚吵过架，所以他对我还是很凶，说没我的事。看我站着没走，他才说，他回家路上买了点便宜猪肉，因为不太新鲜了，所以他要连夜腌一下。我怎么会想到他在……"

"你是什么时候知道的？"

"第二天我去坛子里拨腌肉，想弄一块做晚饭，被他撞见了。他骂我，说这肉变质了，我们不能吃。但当天卖的时候这肉还好好的，我心里觉得奇怪。等他走后，我偷偷打开坛子盖嗅。可你猜我看到了什么？一个人头！我当即就被吓晕了。等我醒了，想喊人来的时候，那浑蛋回来了。他掐住我的喉咙说，如果我敢告诉别人，他就把我也杀了做腌肉。"

"他亲口承认是他杀的？"

"没有。后来他看我不闹了，又对我说，他刚才是和我开玩笑的。那些肉是他从乱坟岗弄来的，他没有杀人。我就信了他。"

"你就从没有怀疑过，一个瘸子怎么能从乱坟岗把尸体背回来？"

"我怀疑过……可是，我实在想不出更好的解释。我们整天在一起，他确实没有机会杀人啊。"

"那些头颅去哪儿了，你们怎么处置了？"

牛桂琴又哭了起来。"这些脑袋本来都存在一口缸里。但自从郭老三的竹竿戳破了隔壁的屋顶后，他就一直心不安。后来听李队长说隔壁出事了，他就更急了。他说，警察迟早会来这一带搜查，如果在我们家查出脑袋，我们就完了……于是，于是他就逼我把脑袋扔到乱坟岗去。

"我命苦啊，每天晚上跑到乱坟岗，把脑袋藏在不同的尸体下面，指望管理员没发现一道埋了……可这一切，都是他逼我的啊。我不去，他会杀了我。那个畜生的心都已经烂了，我不知道他会做出什么事来！"

"你们总共经手几具尸体？"

"我……不记得了。"

"你不记得了？很好。"章鸿庆打开档案簿，"从今年七月开始共接到三十六起失踪案，全都可以算在你们头上。你这个帮凶至少也得判个死刑。"

听到死刑，牛桂琴脸色煞白，急忙摆头。"没有，没有，绝对没有。九具。我发誓，我只见过九具尸体。"

九具？王克飞心头一沉。

赵申民倔强地侧坐着，一言不发。若干年前，他还是宝山的一个小学国文老师，闲暇时练练书法，但那次日本人的空袭把一切都毁了。飞弹炸塌了半栋教学楼，削掉了他的一条腿，夺去了三个学生的性命……从此他成了那个不会笑的独腿。他在逃亡路上遇见斜眼女人，两人同居，以夫妻相称。

此刻，日光灯照着他咬牙切齿的表情。他的眼睛充血，脸色乌黑，每一寸气息里都散发着腌肉的酱汁味。

王克飞坐下，道："你老婆已经招了。你杀了人，又威胁她抛尸。"

赵申民一捶桌子。"我要打死这个臭婆娘！我能威胁她？她要跑，要去外头说，我能阻止她吗？不管你们信不信，这整件事都是她的主意！"

　　"还嘴硬？九条人命在身，你知道你的下场吗？"

　　"我信佛，只烤肉，不杀生！"赵申民拨弄着自己脖子上的一串木佛珠。

　　"你不杀生，哪儿来的肉？"

　　"我如果告诉你们1294真的住了个杀人魔头，你们信不信？"

　　"你倒说说看。"

　　赵申民擤了一把鼻涕，开始讲述那天晚上发生的事。

　　"大约半年前的一天，我和那个臭婆娘吵架了，就先回了家……到家后，我听到隔壁的后院里有动静，因为平时那屋子似乎没有人住，我就在二楼窗口张望了一番。只见一个黑影正把什么东西往水井边拖。"

　　"黑影长什么样？"

　　"天太黑，我在二楼看不清楚，就下了楼。"赵申民说，"从后窗望出去，我终于看清楚了他的模样，他那样子……说多恐怖，就有多恐怖！他穿一件黑色斗篷，长头发一直盖到屁股上，脖子上还在滴滴答答往下淌血，地上也是一摊一摊的血啊……我看得大气不敢出，心里直念阿弥陀佛。

"突然，她好像嗅到了我的味道，朝我转过脸来。我一看，吓得灵魂出窍。她没有眼珠子……她的眼窝是两个鸡蛋大的黑洞！"

审讯室内一阵沉默。赵申民突然仰面哈哈大笑起来。王克飞一把掐住赵申民的脖子，把他推到墙上。茶色眼镜滑到了嘴巴上，赵申民拼命挣扎，企图掰开王克飞的手。但王克飞却越掐越紧，把赵申民的后脑勺往墙上猛撞。章鸿庆对王克飞的反应有一些吃惊，但坐着没动。

直到看见赵申民脖颈赤红，眼球凸起时，王克飞才松开手。

赵申民立刻蹲下身子，猛烈咳嗽起来。他带着哭腔嚷嚷："我真的没看见他的样子！黑咕隆咚的，我连他是男是女都没认出来！"

等他爬回椅子上时，已经像一只落水的猫，眼睛里的镇定和神气全消失了。

"后来……后来我听到关门声，知道他回屋里去了。又等了一个多小时，我才搭了把椅子，翻到墙那头去看个究竟。我走到井边，刚开始黑麻麻的什么都看不见，等我提起一点井绳，真的被吓了一跳：两个裸体男人被挂在井里！

"我吓得溜了回来，翻来覆去睡不着觉。那婆娘回来后，见我有心事，就追问个不停。我不耐烦，告诉了她我看到的事。后来你猜猜怎么着？她在床尾坐了半晌没声音，突然叹了口气，说：'白花花的新鲜肉，放着腐烂多可惜！人肉不也是肉吗？'

"我问她什么意思。她说，偷尸体能算偷吗？他们本来也会在井里烂掉、被埋掉，或者被烧掉。她还说，凶手一定是没地方抛尸，才把他们藏在井里，如果我们处理了尸体，应该正合他心意……就算他想讨回去，也不敢声张。

"我说她是个蠢货，为了几斤肉，连命都不要了。她居然去厨房拿出把菜刀搁在枕边，说我胆子小，不像男人，如果我害怕，就抱着刀睡觉好了。

"我承认，肉是我剁的。我也承认，我贪心，黑心。但你们一想便知，我一个独腿怎么能把尸体翻过墙来？都是那个贱人去偷的肉，我不过在这头帮她接应而已。

"后来我们发现，每过一阵，井里就会出现新的死人。没人找我们算账，也没人要杀我们。他杀人，我们切肉，有人吃肉，皆大欢喜。最后死的一个是瘦子。在他之前那个胖，肉剩了很多，我送了一条给李三茂。可惜都是深夜加工，没看到什么青龙不青龙的，要不然，他还不是很爽地吃下去了？"

"尸体共几具？"

"九具。"他倒比牛桂琴老实。

"给你看画像，你能认出他们来吗？"

"认不出。他们对我来说和猪肉一样，只有肥瘦的区别。"

屋里一阵沉默。

王克飞莞尔一笑。"这是我听过的最好笑的故事了。卖烤肉的的隔壁，正好住了个屠夫。"

"你们还是不信？"赵申民惊愕地问，"如果我赵申民杀了人，下辈子就变成猪，被人千刀万剐！"

"你还是多担心担心这辈子吧！如果不被枪毙，也得在疯人院关一辈子。"章鸿庆说。

两人正要离开房间，赵申民突然爆发出一阵大笑，孤独的目光在茶色镜片后闪烁。"我疯了？哈哈哈！其实你们心里清楚是怎么回事，只是你们害怕了，你们对那个凶手怕得要死，于是就找我来做替死鬼。我赵申民的小命是不值钱，你们捏死我还不容易？但你们害怕的，是躲不掉的，他始终都在看着你们！"

走出房间后，章鸿庆说："这兔崽子一定在撒谎。承认自己偷尸体，不承认杀人，是他认罪的策略。我们不能上他的当。"

王克飞想了想，道："我们也不能放弃董家那条线。"

章鸿庆很吃惊。"你还认为董正源和其他那些死人不一样？"

见王克飞没有回答，章鸿庆一把搭住他肩膀。"小弟，我知道你还在为离婚的事心烦。早就跟你说了，漂亮女人靠不住，呵呵。但现在仗打完了，好日子在后头，开心一天算一天。"

王克飞听不懂章鸿庆到底是用什么理由安慰自己。仗真的打完了？好日子真的在后头吗？

他走进自己的办公室，关上门，耳畔却一直回响着赵申民最后的话。

他问自己："我真的害怕了吗？"

26 鬼

王克飞走出自己的办公室时，大家正在议论五十块跳一支舞。

"舞女说自己身价不如蟹，那我们警察是什么，身价不如虾？"一人调侃道，众人哈哈大笑。

这时，大家看见王克飞面色铁青地站在门口，全都闭了嘴。

一直站在角落里若有所思的夏若生突然问："谁知道当地人为什么要腌肉呢？"

周青玲答："因为不舍得吃，又怕坏掉，腌过后好储存嘛。"

"正如你所说，用重盐腌过的肉，可以在坛子里保存一个冬天。赵申民以前是卖烧烤的，半年前突然改卖腌肉。这给我的感觉是，有一天他突然得到了太多的肉，做烤串卖不完，又不忍'浪费'，于是想出了这个办法。如果他可以自己控制对方的死亡，为什么不等一具尸体吃完后，再杀另一个？"夏若生咬着笔头。

王克飞摩挲着一天一夜新长出来的胡茬，没有回答。

章鸿庆的不屑摆在脸上。"办案要考虑大局。赵申民夫妇的作案动机、作案时间、作案机会，以及物证都有了。这次不会错。"

"夏医生，依你之见下一步该怎么办呢？"王克飞靠在门框上问，手里依然捧着他的青瓷杯。

他有些疑惑，几个小时前，他们是否真的跳过舞？

"我们应该调查朱世保以及其他失踪男性，是不是都和董正源一样，与箬笠有过接触。"夏若生望向王克飞。

"夏小姐，你的想象力可以拍电影，哈哈哈。"章鸿庆笑道，"箬笠不缺金，不缺银，动机是什么？她是个聪明人，她的好日子全亏了这些男人，她又为什么要杀男人？"

"这事情很蹊跷……"周青玲平常没有什么勇气当着大家发表意见，这时犹犹豫豫地开了口，"朱韵丽和箬笠都是舞女，朱韵丽和死者都是死在1294，箬笠的名片上又写着1294……我总觉得……"她小心翼翼地看了一圈屋子里的人，"像是朱韵丽的鬼魂附在箬笠身上了。"

章鸿庆喝道："嘿！少来了！你小时候《聊斋》看多了吧。"

"我还没说完……或者朱韵丽根本就没有死，本来就没人见过她的尸体。她的病好了，化名为箬笠。"

"如果她真的是被鬼啃了骨头的人，那这病好不了。"孙浩天道。

"鬼啃骨其实并没有那么神秘。"夏若生转向孙浩天，"我查询了中外与骨骼相关的病例，发现你所说的村民的症状与一种戈勒姆综合征极为相似。得了这种病的人，骨骼会因不明原因而自行溶解消失……这种病极为罕见，在第一次被提出后，全世界至今也没有多少例报告。戈勒姆综合征康复的概率确实很低，但部分病例的溶解会自动中止，并没有持续恶化。如果不是在关键部位，她也许可以活下去。"

"就像我们伤风感冒一样，只是一种病？"孙浩天很失望，"那谁才会得这种病呢？"

"就像谁会在地上捡到金条一样，都是个人的运气，和报应并无关系。"

"夏医生，难道你也认为箬笠可能是那个痊愈了的朱韵丽？可《民生报》的线人既见过朱韵丽，也见过箬笠，说这两人从相貌上看就完全不同。"孙浩天问。

"一切真的只是巧合？"周青玲咕哝道。她宁可信有鬼，也不信有这么巧的事。

"相貌可以改变，但一个人的气质和性格却很难在一朝一夕改变。我见过箬笠，她不可能成长在我们所了解的朱韵丽的家庭，也不可能有那样的个人历史。因此，我并不认为箬笠和朱韵丽之间会有如此直接的联系。她们是两类不同的女人，有不同的生活经历和运气，只是……一种隐性的联系必然在她们之间存在，不仅仅是巧合那么简单。我认为弄清楚死者的身份，有助于我们找出这种隐性的联系。"夏若生道。

王克飞一直默默地听大家的讨论。这时，他看着窗外，道："天亮了，把李三茂的人放了，把赵申民和他老婆再关上一阵子。在没有头绪的情况下，任何一条线索都不能放弃。董家家人要继续派人盯着，箬笠和她身边人的动作也要更加留心。"

27 奶妈

兰兰和仙乐斯司机已经证实了箬笠所说的跳舞当晚发生的事，但这两个证人的证词却并不见得可靠。那么，剩下的目击证人恐怕只有董正源的司机张猛了。

王克飞和孙浩天赶到张猛家中时，他碰巧出门了，家中只有老母亲王氏在灶间做麦芽饼。老妇人身强力壮，且外向健谈。当听说他们是来办董正源的案子时，她便执意留下他们等她儿子。

她的小眼睛闪动着，拐弯抹角想探听更多关于此案的内情。看两位警官闭口不谈，她便主动提起，自己也和董家人一起生活过三十多年，直到董太太去世后，她才搬到上海和儿媳孙女居住。

王克飞思忖着，张猛能为董家开车，也是因为他母亲和董家的交情。这么看，他和董家的关系更为深远密切，更少了几分背叛的可能。

王氏在王克飞的鼓励下，打开了话匣子。

她清晰记得自己初进董家的那一年。

那个七月格外炎热，她刚生下自己的大儿子张猛。有天她的姐姐到乡下来看她，说起杭州一位大户人家的太太刚生下头胎，因为奶水不足，正想请一位奶妈。那时候，张猛他爸在上海街头拉板车为生，夫妻聚少离多，想到母子俩的生活都能依靠董家，王氏便毫不犹豫地答应了。

"太太常笑，还是我的奶水好，喂养的这两个孩子现在都长得人高马大，不像后来她自己喂奶的家文和淑珍，身材都比较单薄。

"时间真是快呀，一晃眼，家强和阿猛都已经四十岁了。家强有出息，在国军当了高官，现在和老婆子女在重庆生活。老爷一直都很看重家强，总是劝他回杭州帮自己做事，却不能如愿。

"算一算，二少爷今年也已经三十七岁了。可惜他在少年时住过精神病医院，出院后整个人几乎废了，整日厮混于酒楼妓院，听说现在还一直靠老爷的接济过活。但其实这孩子本性并不疯癫，不喝酒的时候还好，只是不爱说话。

"大小姐是太太生了二少爷后，过了五年才怀上的。你别看这丫头说话细声细气，其实她很有主意，性格坚强，自小就比两个哥哥懂事，所以太太格外疼爱她。我家阿猛一直把淑珍当亲妹妹似的，如果大小姐要用车，他饭都可以不吃，觉都可以不睡，连夜开回杭州去。李欣同是个好男人。他们结婚后，老爷身边没有其他亲信，便重用了这个女婿。只可惜淑珍这么多年一直没有身孕，听说今年怀上了，老爷却抱不到外孙了。"

她说着，在桌边坐了下来，口气虽然惋惜，但表情却带了几分长舌妇的兴奋。

王克飞问："你在董家那么多年，有没有听说过董先生有其他女人？"

"没有。绝对没有。我懂你的意思……"王氏压低声音，仿佛正和用人们聚在后院议论主人的私事，"老爷和太太从小定下了娃娃亲，但两人其实只在八岁时碰过一次面。老爷从小跟随他外公外婆来到上海，二十多岁学成后才回到杭州，两人便成了亲。老爷在什么圣约翰大学念了三年书，喜欢西洋的东西，音乐啊，洋酒啊。太太比他大三岁，看起来像是大姐姐，信佛，性格又传统，没见过什么世面，所以有些用人私下里会议论他们不般配。但叫我看，他们的八字很合，性格也很配。两人都心地宽厚，对下人说话也客客气气的。"

这时，门外传来孩子的嬉笑声。张猛闯了进来，身后跟着妻子，她一手牵着女儿，怀里抱着约莫两岁的儿子。

张猛抬头，看到王克飞和孙浩天坐在桌边，眉头皱了起来，立刻把女人和孩子们都支到了厨房去。

听完孙浩天的自我介绍，他在王氏先前的位置上坐了下来，道："希望我妈没跟你们乱说什么。"

"她没说什么。我们只是在等你。"王克飞很好奇张猛为何如此警觉。

他深深地叹气："自从老爷失踪后，我就没有回杭州，每天奔走打听，三教九流那里都问了个遍，却没有任何消息。听说老爷被人害了，我已经向大小姐辞职，我还怎么有脸继续在董家待下去？"

他低垂着头，一只手不停地挠着另一只手背上一块青色的胎记。

"董先生失踪的那几天，有什么特别的事情发生吗？"

"没有什么特别的。只是我们到上海后的前两天，他安排了格外多的会议工作，每天忙到很晚，似乎就是为了替二十二号晚上腾出时间。而那天，他看似心情很不错，早早地打发我回去。我也有过一个念头，他是不是还要见什么客人，但多半是别人上华懋饭店见他，我怎么会想到，他一个人这么晚还会出去……他不要我开车，难道是自己叫出租车去那种地方吗？"

"听说董先生平常到上海来都是你开车，他爱逛什么地方吗？"

"老爷除了应酬外，唯一一个人去过的娱乐场所就是仙乐斯舞宫，而且只去过一次。"

"说说那次的情况。"

"其实我也不明白为什么老爷那天会心血来潮想去舞厅，只是一切像是计划好的那样，他点名要去仙乐斯，坐下来后和小郎确认了那个叫箸笠的舞星会出场，便让我去买了五十本舞票。随后，他又亲自把舞票交给了箸笠的那个小跟班兰兰。但他只和箸笠跳了一支舞，坐了一个小时，便离开了。后来他再没去过那里。"

张猛说话时肩膀紧紧绷着，就像一只弓着背，随时提防敌人的猫。

他的证词恰恰印证了箸笠的话。

"依你之见，董先生失踪那晚支开你，独自上阴阳街去，可能会去干什么？"王克飞问。

"我真的不知道。老爷如果要去找女人，不会瞒着我。他对我还有什么不能说的？而且一个人去那种地方，不是太危险了吗？是什么让他置自己的体面与生死都不顾呢？我实在想不明白……"

走出张猛家，王克飞朝灰茫茫的天空吐了一个烟圈，像是对着天空说话。"你觉得张猛像在说谎吗？"

孙浩天也朝天上望去，什么都看不到。"听他说话好像挺真诚的。但我也不明白他额头上的冷汗是怎么来的，为什么一直不敢抬头看咱们？会不会是咱俩吓到他了？"

"心里没鬼怕什么。"王克飞想了想，道，"走吧，回警局去。"

28 颅

董正源的尸体没有任何外伤，没有可疑病史，尸体高度腐烂，血液败坏，夏若生对死因一筹莫展。她本来寄希望于找到其他的尸体，现在听说赵申民把尸体腌了，喂进了居民们的胃里，便愈加失望了。

幸好，东新派出所早上打电话来，他们手上确实有两个头颅，可能正是牛桂琴丢弃的，至于其他的七个，估计已经和尸体一道被埋了。

夏若生提前套上白褂，铺好了解剖台，在窗口焦急地守望。只见小林歪戴着警帽，提着一个小铁箱不慌不忙地穿过花园。

小林走进验尸房，把铁箱搁在桌上，道："夏医生，它们在这里。"

"怎么才送过来？"

"嘿！它们是一个拾垃圾的老头发现的，乱坟岗管理员报了案。我们领回来后，也不知道咋办，就在停尸房里搁了两天。若知道这是你们要的，早就给你们送过来啦！"

"其他的七个你们打算什么时候挖？"

"真挖？！"小林急了，把帽檐一把转到脑后，"哪天埋的都弄不清楚，难不成我们真把所有土坟都掘一遍？我觉得吧，打扰他们不好，孤魂野鬼不会放过我们的。"

夏若生把左耳贴在铁箱上听动静。

"你这是在干什么？"小林凑过来看。

"他们刚对我说，他们死不瞑目，就因为你们太懒。"

"夏医生，你别吓唬人好不好？你清楚的，那些头埋了这么久，烂得差不多了，就算叫他们亲爹来认，也认不出来啊。我每天只拿三块的工钱，你还是放过我吧。"

夏若生无奈地将他打发走了。

头颅因为长时间浸泡在雪水中，肌肉浮肿，肤色发紫。由于暴露在寒冬室外，腐烂程度并不高。夏若生又仔细检查了颈部，切口整齐利索，只有赵申民这样有力而熟练的屠夫才能一刀砍断。

这时，周青玲带了一对姓张的老夫妇前来认尸。

自从儿子失踪后，他们向街头巷尾散发了上千份寻人启事，也到处认过尸。这一次，他们依然心存侥幸，希望儿子只是赌气出走了而已。

但看到那两个头颅时，老太太当即晕死过去。老头老泪纵横，搂着头发稍长的那一个说，这就是他们在大光明电影院售票处工作的儿子张新。张新今年只有十九岁，上头本有个哥哥，但在抗战时牺牲了。因为快四十岁时才怀上张新，夫妇俩对他格外宠爱，百依百顺。可上个月十七日，张新下了晚班后再也没有回家。

接着，老头又从 1294 的遗物中确认了一双鞋子和一身衣物是儿子的。

那么，剩下的那个应该就是青龙帮朱世保了。夏若生心底暗想，朱世保长得肥头大耳，赵申民倒没想过把他的耳朵下酒吃？

这时，老头和刚刚苏醒的老婆耳语了一番，哽咽着问，他们何时可以把儿子领回家。

"人都死了，哪天入土又有什么区别？"夏若生正把舌头从另一具头颅的口中拖出来，心不在焉地回答。

老头吃惊地捏紧拳头，周青玲急忙用身体挡住他们的视线，把他们送出门去。

周青玲回到验尸房后，远远地坐在角落里，扭过头去，不愿意看见夏若生手上的操作。

"他们还想知道，有没有办法辨认出哪些尸骨是张新的。他们希望和头颅一同下葬。"

"哎！你知道吗？骨头的主要成分是碳酸钙和磷酸钙，等埋入土里，运气好一点呢，就变成像恐龙一样的化石。运气差一点，什么都不是。"夏若生道。

"你的意思是？"周青玲不解。

"我想说，它们，"她敲了敲张新的头盖骨，"它只是骨头，不再是他们的儿子了。没有人能改变这一点。"

周青玲难掩自己的吃惊和不满。"夏医生，你为何一点也不同情他们？"

"同情？找出凶手，才是我唯一能做的，也是他们真正需要的。这比同情这种心理活动有意义得多。"

周青玲无法反驳这句话。

夏若生给她一种很奇怪的感觉，像是一种离生活很遥远的动物。对了，是她有次在杂志上见到的火蜥蜴。这种蜥蜴自从出生后便独来独往，拒人于千里之外。夏若生的容貌妖冶热烈，但心是凉的，血液是冷的。因此即便你离她只有几寸远，还是感觉不到她的体温，猜不透她的心思。

找不到话题，周青玲便远远地坐下，问："法国的女警察是穿裙子还是裤子？"

夏若生停下工作，扭头看了看周青玲的警服，道："裙子，但比你的短。可能全世界的男警察都不喜欢女同事跑得比他们快。"

"男警察为什么要嫉妒女人呢？当时和我一起上学的有八个女学员，现在只剩下两个还在警局工作。等我一结婚，也会离开这里。"

"哦，你要结婚了吗？"

"定了亲以后婆家一直催，可能结婚就是这两年的事。"周青玲靠在椅背上，百无聊赖地玩弄着手帕，把它折成一只天鹅的形状。

"可孙浩天喜欢你。"夏若生突兀地说。

周青玲一怔，立刻露出鄙夷的神色，似乎又掺杂了一丝得意。"他不喜欢我，他就是想讨好所有人，往上爬而已。"

夏若生对这句话思索了几秒钟，没有同意，也没有反驳。

29　交集

"那天喝完酒，我们要去搓麻将，朱老大说他不去。我们问他有什么事，他又不说。我们就笑他约了女人。他也没有否认。"

上个月就是这两个青龙帮小弟来报的失踪案。

"那个女人是谁？"孙浩天问。

"不知道，多半是在舞厅认识的。"

"他常去仙乐斯舞宫吗？"

"去。圣爱娜、百乐门，他每家都串门。"

"他有提到过箬笠吗？"

他们面面相觑，窃笑起来："仙乐斯的那个箬笠？他们之间还出过点事呢。"

"什么事？"孙浩天顿时有了精神，看来又有新的证据指向了箬笠。

"他们跳过一支舞，跳舞的时候朱老大趁机想亲箬笠，被她扇了记耳光后，还是缠着不放手。本来只是小事，但当时在场的还有一个京沪卫戍总司令部的军官，这家伙大约想向女人献殷勤，和朱老大大打出手，最后，竟把枪拔了出来。你说，欢场上的事，犯得着亮那玩意儿吗？听说他是汤恩伯的部下，才到上海没几天，还真当自己是根葱！"

另一个小弟接着说："后来是舞厅保镖出面，化解了此事。我听说朱老大不死心，事后还想给箬笠送礼道歉，但那小妞不肯赏脸。"

"这是什么时候的事？"

"大约九月吧。"

"那名军官叫什么名字？"

"听说是叫刘志刚。没错。"

老头打开儿子的房门后，一言不发地低头走开。自从认尸回来后，张新的母亲便精神恍惚，再没有开口说过一句话。

张新的房间布置得十分简单。床上的被褥叠得整整齐齐，仿佛主人下班回来还会睡在这里。墙上贴满了琳琅满目的海报，都是近年来在大光明电影院播映过的中外电影。书架上只有寥寥几本练毛笔字的书。

周青玲打开写字桌抽屉，发现里面有钢笔和一本日记本。

在九月的某一天，他在日记中写道："在我的梦里，她长得有些像电影明星费雯丽。"

她是谁？周青玲急忙往下翻，又有一天，他写道："我终于知道我练了这么多年的书法，是为了给她写信时，不至于让她嫌弃我的笔迹。"

最后一篇日记是十一月七日，他失踪的十天前。

"我今天和同事换班，便去看你了。可我没看到你。你是生病了吗？这样一来，我又只能靠美梦支撑这一周，可连梦也是常常缺席的呀。"

钢笔字迹清秀整洁，周青玲感觉张新是一个细心温柔的男生。他爱上了某人，一个自始至终没有在他的日记中出现名字的女人。他在售票处上的是夜班，而他的上班时间正和这个女人固定出现的时间冲突，那么除了舞女，她还会是谁呢？她是箬笠吗？

30 魔法

听完孙浩天和周青玲对朱世保及张新的调查结果，夏若生自然有几分得意，脸上有着藏不住的笑意，却也不急于说什么。

章鸿庆不服气："哪怕这九个死者都和箬笠扯上关系，也不能证明她就是凶手。我看更有可能，那个刘志刚是变态跟踪狂，自以为是箬笠的护花使者，把对箬笠有企图的男人都干掉了。要不然，为什么朱世保耍流氓的时候他刚好在场呢？"

"刘志刚到底是什么人？"王克飞问。

"我目前只知道他是京沪卫戍总司令部的中校参谋，九月刚随国军从内地过来。"孙浩天回答。

"司令部前阵子搬去了无锡。"王克飞说。

"所以他目前应该人在无锡。如果真像章大哥所说，刘志刚是凶手的话，我们还需要联系国军部队才能抓他。"孙浩天道。

"别急……国军的事情很敏感，你先暗中打听一下此人的行踪和作风。"

傍晚，看见箬笠和兰兰坐进轿车离开后，夏若生和周青玲翻过棕丝编织的栅栏，掩进了诚德路103号。这里有邓中和一处闲置的红砖洋楼，供箬笠居住。她们打听到这两天老用人回老家，此刻屋里的灯都灭了。

她们用铁丝打开后门，掩进箬笠的寓所。

黑白相间的大理石地板一尘不染，枝形吊灯、光滑的楼梯扶手在月光下隐约可见。这房子豪华而又冰冷，想必是那两个年轻女孩的热量温暖不起来的。

她们上了二楼。周青玲发现最东边的房门虚掩着，手电筒一照，也是一个房间。房间内部陈设朴素，单人床，蓝印花布床单。她看了看衣柜里的衣服，便知道这不是箬笠的房间，或许是兰兰的。

当她走进箬笠豪华的卧室时，夏若生已经把床头柜上的三个抽屉都打开了，里面竟是密密麻麻的信件。这个中越血统的年轻女孩俨然已成了上海滩的明星，就像当年的任黛黛，光是一个艳名就足以让虚荣的男人们蠢蠢欲动。

夏若生打开一封，读道："箬笠小姐，那天有幸和您跳了一支舞，我深感荣幸……"

周青玲按住夏若生的手腕，打断她："夏医生，赶紧和我一起找找，有没有落款为张新的来信。不排除他使用假名的可能性。提醒一下，他的钢笔字写得很漂亮。"

她们取出所有信件，借着手电筒的微光，把每一封都拆开读了一遍。时间一分一秒地过去，这几百封信，即便只是浏览一遍，自然也要一些时间。

当她们坐在信堆里，各自读完手上的最后一封，便知道这里没有她们要找的。

"也许张新日记中提到的女人不是箬笠，只是因为先入为主的印象，我才……"周青玲抬头，看见夏若生正站在梳妆台前研究一些瓶瓶罐罐，便问："你在找毒药？"

夏若生愣了一愣，道："不，我只是随便看看。这是一个品牌历史上的第一款香水黑魔法。"

周青玲将一束光照在夏若生手中的心形水晶瓶上。

夏若生突然想起童海波，她在巴黎读书时唯一的华人同学。

九年前，当黑魔法第一次在巴黎推出时，法国人在塞纳河上空升起了一个黑色巨型气球。夏若生和童海波一起兴奋地挤在人堆中看热闹。那会儿，童海波在她身边大声地说，这是气味的魔法，他以后想成为一名调香师。夏若生笑，说他不务正业。但一毕业，他果真去了法国的香水之都格拉斯进修调香师专业。

夏若生把香水对着自己喷了一些。液珠冰凉地洒在她的脖子上，让她浑身哆嗦了一下。两人便咯咯地笑了起来。

就在这时，楼下传来汽车熄火的声音。

她们互相望了对方一眼：糟了！有人回来了！

她们急忙跑回床头，把地上所有的信件都塞回抽屉，熄灭了手电筒。窗帘太薄，衣柜空间太小，两人只好撤退到了阳台。往下一望，门前停的正是箬笠的轿车。

夏若生借月光看了眼手表。"奇怪，只有十一点，已经回来了？"

确确实实的开门、关门声。

"如果她今晚不出去了怎么办？我们会冻死在阳台上。"周青玲哆嗦着腮帮子道。

"嘘——"夏若生让她住嘴，侧耳细听，一个女人的脚步声上楼了。

脚步声似乎正要朝东去，却在箬笠的房门口停了下来。门被打开了，来者却没有走进房间，而是站在门口迟疑了一会儿。

两个女人紧贴着外墙，压抑着呼吸声。

来者打开灯，走进房间，在衣柜内取了两件衣服。之后似乎要离开，却又突然停住，折返到床头柜前。

她们透过纱帘，隐约见她蹲下身子，打开又关上最后一个抽屉，而后，起身离开了。

大约十分钟后，楼下传来汽车发动声。

这两个身体僵硬的女人终于松了一口气，拼命跺着脚，搓着手，逃回了房间。

"是兰兰，"夏若生说，"她发现我们动过抽屉了。"

31　重逢

中午时分，孙浩天兴冲冲地冲进办公室，大声道："王科长，我收到了京沪卫戍总司令部的电报，你猜猜怎么着？"

"别卖关子，说吧。"章鸿庆催促道。

"刘志刚失踪了！"

"什么？"所有人都有些意外。

"司令部十一月初撤出上海，在这之前，已经联系不上他人了。他们调查过他的家人、朋友，还找朱世保谈过话，最后案子不了了之。"

"人就这么没了？"

"我和留在华懋饭店的军官聊过，刘志刚虽有家室，但生性风流，有人猜测他带了哪个舞女私奔去泰国了，最后司令部只有把他开除了事。"

"朱世保和刘志刚为箬笠争风吃醋，最后两人竟都失踪了，一个已知死亡，另一个恐怕也凶多吉少。"周青玲分析道，"赵申民说总共有九具尸体，两具已经知道了，很可能他就是剩下的七名死者之一。"

"看来所有的线索又都指向了箬笠。"孙浩天转向一直没开过口的王克飞，"王科长，你认为呢？"

王克飞却一反常态，看似对这个消息漠不关心。他站起来，穿上他的深褐色呢绒大衣，面无表情地道："我中午约了人。"

王克飞沿着四马路缓缓步行。他昨天新理了发。他在心底猜测，萧梦现在是什么样子，瘦了，还是胖了？头发是直的，还是卷的？

侍应生拉开门，王克飞走进蓝宝石餐厅。他的目光扫过富丽堂皇的大厅和各式各样的头顶，一眼看见了角落里的萧梦。

她的头发又长了，人瘦了，穿着翠绿的袍子，坐在镶嵌了假宝石的餐具后面。她手里正夹着一支烟，略带哀怨的目光朝他看过来。

他们彬彬有礼地互相问好，陌生得像九年前刚刚认识的那一晚。萧梦说她点过餐了，让王克飞点自己的。王克飞要了一份芦笋、贝壳和奶油沙司鲑鱼。他不喜欢奶油沙司，但他不想在读菜单上花太多时间，于是匆匆点了前三行。

王克飞从她手上拿过烟，在烟灰缸里摁灭，道："对你身体不好。"萧梦患有哮喘，正因如此，王克飞在家从不抽烟。

他问她过得怎么样。他从她身上闻到了一阵幽秘的香味，不禁依恋地悄悄呼吸了一下。

她说南安普敦是印度人的天下，她吃不惯那里的菜，都是自己做。刚到那里，多亏华医生帮忙，他在家里给她留了个房间，还给她介绍了些朋友认识。

王克飞突然好奇，华医生是不是萧梦的情人？王克飞在上海见过这个男人，他这么多年来一直免费为萧梦看病。他很关心她的哮喘，总是提醒她：如果她再不戒烟，就会死在这上面。他个子很高，说话大声，总是开朗地仰面大笑。萧梦似乎说过，她喜欢开朗、幽默的男人。

不，不，萧梦的情人应该是史蒂夫，她的英语家庭教师。她当初就是为了他去英国的吧？他们闹翻了？她为什么不再提起他？

萧梦继续说着，她认识了两个香港过去的女性好友，她们四十多岁了，却都是单身。她又说，经过这次，她发现自己能够独立生活了，不需要依赖任何人，甚至不用想念谁……她的每一句话，似乎都在慢慢靠近离婚的主旨，王克飞默默地饮着酒。

"你的话还是那么少。"她苦笑着说。

"你靠什么生活呢？"

"我有存款，也给妇女联谊会做一些翻译工作。"

"你什么时候回来的？"

"大约有半个月了。"

终于，王克飞忍不住说出了心底的疑惑："你去见过叶大了？"

萧梦怔了一怔，说："对。"然后又多此一举地补充道，"三十年河东，三十年河西，他现在很惨，带了两个老婆，寄住在马家院子里。"

"他有什么好？"王克飞突然觉得嘴里的鲑鱼有点苦涩，于是放下刀叉，擦了擦嘴问。

萧梦愣了两秒钟，突然低声叫起来："你疯了吗？这是抗战前的事了！你以为我是因为他所以才离开你吗？"

"那是为什么？因为史蒂夫？"

萧梦的眼睛里突然泛起泪光，胳膊肘支着桌面，夹烟的手不停地颤抖。这是她生气时的样子。

"你想知道为什么吗？因为我们之间没有爱情，只是在互相占有，浪费对方的生命！你在惩罚我，从一开始结婚就是。就因为这个人，你就怪罪于我！你认为我和你结婚是利用你。也许你自己都没有觉察，但你无须否认，你是带着失望和怒气在和我生活！"

萧梦的这段话让王克飞大为惊讶。他试图回忆他们八年多的婚姻生活到底是什么样子的，自己到底是否是在报复或者惩罚她，但脑海里空白一片。他唯一能记起的是，他认为自己爱她。自从目光被她在舞台上出现的那一刹那占据后，他便像一个盲人，再也看不见其他女人的存在。

但再想下去，他又觉得自己也许并不是真的爱她。他变得困惑了。最后，他只能又拿起叉子，继续吃苦涩的鲑鱼。

夏若生刚离开医院，就被人轻轻拍了下肩膀。她回头，看见一双含笑的眼睛，惊讶得合不拢嘴。

童海波双手插在大衣口袋里，笑容像雪地反射的阳光一般耀眼。谁都不能否认他是个好看的男人，他的身材相貌有点像当红的男影星金焰。

他们在法国时做过六年同窗，在金发碧眼的同学中间，自然比较亲近。毕业后童海波又去格拉斯进修调香师专业。五年不见，他依然是那一个童海波，发型一丝不苟，围巾和大衣搭配成一个色系，下巴上的胡楂修理得干干净净。夏若生猜想，他的实验桌也一定如从前那样整齐。

"我三个月前给你在巴黎的房东打电话，才知道你回上海了。"他们站在萧索的梧桐树下，童海波道。

"你什么时候回来的？"

"三天前。"

"回来做什么？"

"参加我的电影首映式。哈哈，开玩笑。我来……有点小事。"

这时，夏若生突然想起了什么，迫不及待地要把童海波带回实验室。当她打开灯后，童海波无奈地看着一片狼藉的写字桌。"这就是我不愿意和你用一个办公室的原因。"

"看这份报告。"

童海波接过报告，却没有打开，倚在矮柜上问："我们才见面十分钟，就要谈工作？"

"你想谈什么？"夏若生问。

"谈谈你。我们不见的这五年你做了什么？"童海波摘下帽子，放在矮柜上。

"我？"夏若生耸耸肩，"老样子。什么都没有变。你呢？"

童海波从柜子上拿起一本快脱皮的英文小说。"这就是我送给你的那本《歌唱的白骨》？"

"对。"夏若生接过书，"你可记得你在毕业时说过，希望我成为中国的约翰·桑代克侦探？"

"我现在后悔了，我也许应该送你一本简·奥斯丁的《爱玛》。"

"晚了。"夏若生把尸检报告交到童海波手上，"我不是爱玛，也不是约翰·桑代克，我只是一个失败的法医。"

童海波无奈地打开文件夹。"所以我只能成为你的华生。"

他扫了一眼尸检报告：尸体在气温 5 ℃，无对流空气的室温下存放十七天。血糖正常，腋下和颈部的皮肤带水疱，胃黏膜损坏，肝功能和肾功能衰竭……

"他中毒了？"

"中毒是唯一的解释。但他中的是什么毒？我化验了血液和胃部食物残渣，排除了最常见的砷、汞、铅中毒。"

"腋下和颈部的皮肤带水疱……"童海波若有所思地在房间里走动，"另两具头颅的舌头和咽喉部，也都有大大小小的水疱？"

"也有。"夏若生回答。

"中毒的都是男人，而你们怀疑凶手是女人？"

"是。"

童海波默不作声，隔了一会儿道："他们也许是中了芫菁之毒。"

32 芫菁

芫菁在夏若生的记忆中是一种青绿色小虫子，民间也称为青娘子。它可以用作治疗狂犬病的偏方，但用法稍有不慎，便可致命。

夏若生从书架上搬下足有半尺厚的药理学百科全书，埋头寻找起来。在芫菁素那一页写道，公历 1914 年一位叫伽达默尔的药物学家证实了芫菁素的分子结构和特性，同时规定了其用量：超过 1 克，便可中毒；超过 3 克，可致死。

"芫菁素如果真的是从死者胃部提取到的物质之一……"夏若生咬着拇指，"可砒霜 0.1 克便可致死，芫菁的毒性不如砒霜，凶手为什么要选它？"

"也许她还有其他的目的。"童海波道，他本能地想去阻止夏若生咬指甲的动作。

夏若生突然莫名地快活起来，拍了拍童海波的肩膀。"你真不愧为我们班的第一名。你知道吗？我常替你可惜，你做调香师简直是大材小用，不能喝酒，不能吃辣椒，不能感冒，那人生还有什么乐趣？"

"我认为人的五感之中最神秘的就是嗅觉。而我的鼻子偏偏有这个天赋，浪费不得。"

"说说你是怎么想到芫菁的？"

"皮肤和口舌上的水疱是芫菁素中毒的典型症状，但我只是怀疑。"童海波不慌不忙地道，"而你又说死者都是男人，凶手可能是女人，我便想到了一段从香水起源的历史。在这个故事里，凶手都是女人，死者都是男人，而故事又恰好和芫菁有关。"

"说来听听。"

"意大利的美第奇家族你一定听说过。他们以化学制药起家，后来迈入上流社会，出了一个天主教教皇。十六世纪时，在法国权倾一方的凯瑟琳王后正是教皇的侄女。

"凯瑟琳·美第奇下嫁给法国国王亨利二世时，带给法国两样重要的东西，一个是香水，一个是毒药。法国人对香水十分狂热，巴黎很快成了香水之都。而凯瑟琳发明的香水手套也迅速在贵族间流行。他们把皮手套浸泡在香水锅中熬煮，以去掉皮革之气，让香味永远保存。传说路易十三的皇后的陪葬品中就有她搜集的 340 双不同香味的手套。

"而同时，毒药也开始在欧洲盛行。凯瑟琳本人就是一个用毒高手。据说她会在制作香水手套时掺入毒药，令受赠者不知不觉中毒凋零。

"但真正被记入正史的，是美第奇家族第一位女伯爵朵芙娜。自十七世纪中期开始，她在那不勒斯开了一家香水铺，暗地里却销售她亲自研制的'朵芙娜之水'，长达半个世纪。被毒死的人数已无法统计，比较可信的说法应是六百余人。朵芙娜的主顾清一色是女性，当她被逮捕后，供出了一些客户的名字，在意大利引起骚动。其中一桩案子最为惊人，一个女人在十年间毒死了包括她的父亲、兄弟在内的二十余人。'朵芙娜之水'一度令欧洲人闻风丧胆，而它的主要成分就是芫菁。但芫菁本身并没有错，如果用量谨慎，它其实是一种催情剂。"

"你是说春药？"夏若生问。

"对。路易十四就曾长期服用芫菁，以满足皇后和情妇们的情欲。十八世纪时这种春药在欧洲民间流行。萨德侯爵曾经给妓女们服用芫菁，强行与她们群交，并因此被判处死刑，之后上诉才得到缓刑。据说服用芫菁会导致四肢微麻，产生情欲的幻觉。说到底，这其实是芫菁素通过刺激尿道，使生殖器官和中枢神经产生的一种炎症反应。所以芫菁这样东西，既是春药，又是毒药，既可以让你欲仙欲死，也可以让你命丧黄泉。"

听完童海波的话，夏若生变得极为安静，甚至不敢大声呼吸。她愣愣地坐在实验桌前，感觉自己和谜底之间只隔一层纱，仿佛一阵风吹过，便能让她看见纱后的面容。可那若隐若现的面容又是如此混沌。

她问自己，凶手为什么这么做？他为什么需要芫菁？只有解决这个问题，他们才能穿过迷雾，看清凶手的面容。

33 葬礼

周局长走进王克飞的办公室，把一个信封搁在他桌子上。"董正源明天出殡，我没空，你代我去。"

王克飞打开看了一眼。"我也没空。要不让章鸿庆去。"

周局长拿烟斗指指王克飞。"这参加的人的级别，降到科长就不能再降了。案子没破，面子更要给。"刚要出门，又回头道，"别忘了带个花圈去，署我的名。"

殡仪馆灵堂内装饰着黑色丝绒帷幔和白色纸花，董正源的遗像陈设在灵堂正中，两旁是一副挽联：完来大璞眼天地，留得和风惠子孙。

灵堂内人头攒动，多为浙沪的金融人士。王克飞见老二穿一件灰色长袍，独自站在角落里，用脚打着哀乐的节拍，若有所思。

王克飞走向李欣同夫妇。董淑珍着一袭黑色直筒裙，站在这黑色的帷幔前，仿佛隐去了身体的轮廓，只剩一张苍白的小脸。听到王克飞说节哀顺变，她只是微微叹息。

仔细回想一下，王克飞发现他此前从未参加过任何受害者的追悼会。他和他们见面时，他们已经死了，作为"人"的意义消失了，是永远不会再开口的尸体。这尸骨也许能说点什么，指出凶手，替自己报仇。但如果他们不能说，或者活着的人领悟能力太差，他们也只能安息，即便不能安息。

现在，他竟站在一个陌生人的灵堂里。

眼前遗像上的这个人，仪态威严，相貌却沉稳、慈善，让王克飞感觉仿佛生前便已熟识。究竟是什么原因让他和上海的阴阳街发生了关系？难道造化弄人，他真的只是凶手随机挑选的牺牲品？

仪式说好十点开始，却晚了十分钟也未见动静。突然，人群纷纷向灵堂外张望，只见老大董家强刚从轿车上下来，李欣同疾步走下台阶相迎。

原来大家都在等长子上台发言。

李欣同的殷勤，或许可以理解为对信源银行新董事长的巴结。

这时，孙浩天朝站在董家强身后的司机努了努嘴："这不是张猛吗？上回见他，他还说因为董正源的事自责，辞职不干了，这下又回来当司机了？"

就在这时，戏剧性的一幕出现了。本来落寞地站在角落里的董家文，突然像被摇醒，他冲出灵堂，指着大哥叫道："杀人凶手，滚出去！"

旁人还没反应过来，他已挥舞着拳头冲撞上去，两人扭在一起。董淑珍慌忙叫张猛上前制止。董家强两三下便制服了瘦弱的老二，之后，他整了整衣服，若无其事地走进灵堂去了。

淌着鼻血的董家文拒绝用人的搀扶，撒腿离开。

王克飞轻声道："看来这家伙不是一般地顽固。"

这时，董淑珍迎上前，流着泪拥抱了董家强，喃喃道："大哥，我们没有父亲了……"在场的人无不为之动容。那传说中为了争家财钩心斗角或者剑拔弩张的气氛，是绝对没有的。

董家强在悼词中简短地回忆了董正源的一生，只在最后提及，父亲在上海遭遇歹徒，不幸遇难，希望警方能尽早抓获凶手。王克飞在台下，微微皱了皱眉头。

仪式结束后，李欣同向王克飞走来。"王探长，现在案子有进展吗？"

"有了一些头绪。"王克飞敷衍道。

这时，董家强也走了过来。董家强身高体宽，方头大耳，腰背笔直，一看就是军人的模样，和董家另两个兄妹截然不同。

"我正想问问两位，735，也就是手提箱的密码，能提醒你们什么吗？"王克飞问。

董家强摇头。"也许只是他随便想的三个数字。"

"据我们的经验，大部分人设密码时都会设一个和自己生活经历相关的数字。"王克飞说，"当然，我们也不会排除你说的这种可能性。"

李欣同似乎很想帮上忙。他背着手，看着天花板，寻思了一阵，道："735……它不可能是个电话号码，也不是车牌号……对了，我想起来岳父原本有个保险柜，用的是圣约翰大学宿舍的门牌号。他似乎习惯用老地址做密码，这个735听起来倒也像是门牌号。可杭州的马路恐怕没有这么长，我印象中我们在上海的几个办事处也都不是这个地址……"

王克飞想了想，道："我们回去后会查查带735的马路。"

随后，王克飞和孙浩天以公务繁忙为由，婉拒了丧宴的邀请，准备动身回上海。

他们站在后巷等车时，意外地发现董淑珍和一人站在远处的墙角说话。仔细一看，那人正是张猛。

虽然听不见他们说什么，但看上去董淑珍神情激动，焦躁地踱着步，一只手放在隆起的腹部上。张猛双手捂住脸，蹲了下来。董淑珍倒恢复了平静，拉张猛起来，一只手抚摸着他的肩膀，似乎反过来在安慰他什么……

这时，董淑珍抬头，惊讶地发现了王克飞和孙浩天，立刻缩回了手。

既然目光已经撞上了，只好上前打个招呼。王克飞走向他们，对董淑珍道："李太太，我们正准备回上海。"

他看看面色警惕的张猛，又道："张师傅，我以为你不再给董家开车了。"

张猛还没开口，董淑珍已经抢先回答："没错，张大哥辞职了，但又被我挽留了。他在上海还有一家四口人等着吃饭。父亲的意外毕竟不是张大哥的责任……现在董家人最期待的，还是由探长们揪出真正的凶手。"

她的声音依然柔弱，只是这口气中暗藏的敌意，谁都能听得出来。

34 死因

孙浩天回到办公室，神神秘秘地道："今天我和王科长发现呀，原来这个董家大小姐和其他男人有一腿。"

"其他男人？谁？"警士们听到花边新闻，都饶有兴趣地围了过来，只有周青玲坐在角落里，对于孙浩天的轻佻一脸不屑。

"司机张猛。"孙浩天似乎很享受自己成为众人的焦点。

章鸿庆指指自己的肚子，使了个眼色。"难道她怀的孩子是……"

"这可不能乱说。小心李欣同和你拼命。"孙浩天笑。

"我看你才要小心！"刚走进办公室的王克飞在孙浩天后脑上重重地拍了一记。周青玲见状，扑哧一笑，把茶水喷了出来。

孙浩天挠着后脑勺嬉皮笑脸。

"他们只是站在那里说话，你哪只眼睛看见他们有一腿了？"王克飞问。

"王科长，如果不是见不得光，孤男寡女为什么要躲到墙后头说话呢？"

"就算见不得光，理由也有很多，未必是男女之情。"

"比如说，和这案子有关？"孙浩天试探着问。

"破案不能想当然。"

这时，夏若生走进大厅，向王克飞递上一份文件。

王克飞看完了夏若生交给他的死因报告，一言不发，点了一支烟。

这一周来，他们只是在原地打转，新线索层出不穷，每个人都心怀秘密，但每一条路却都只通向死胡同。赵申民的老婆放了，但赵申民还关押在拘留室，他怎么都不肯松口，如果没有新的证据，没有理由一直把他关下去。

董家和周局长逼得急，他倒是愿意听从章鸿庆一回，把赵申民交上去。但其实他心底并不信赵申民是凶手，这是没办法的事，即便刑讯逼供，赵申民认了，他还是不太信。王克飞不愿意说连他自己都不信的话，他更不希望自己妥协真的是因为恐惧。

"毒药成分中除了芫菁，还有一种毒性生物碱？"王克飞一字一句念着报告上的话。

"嗯。"

"你直接告诉我结论吧。"王克飞烦躁地抛开满篇陌生名词的报告。

"这种毒性生物碱可能是一种致幻植物，它若和芜菁结合，便是迷幻与催情的合体。除了致死外，它们还能让死者在幻觉中产生性冲动，并倾向于体验最能令自己愉悦的幻境。"

夏若生瞥见了王克飞握住青瓷杯的手，一枚光滑的金环套在他的无名指上。

她继续说："也就是说，他们视觉中所见之人并非真人，而是他们最想看见的容颜，和最想得到的女人。有些人在服用药物后，甚至会以为自己在和梦中情人交合，其实他们不过是在抚摸自己罢了。这整个体验就像是一场身临其境的春梦，而药性结束后，他们的记忆缺损，难以准确地回忆起之前发生过的事。换句话说，这些死者在生前看到的那个凶手是各不相同的，只是现实与想象合成的容颜。"

一阵沉默。章鸿庆笑了起来。"催情？致幻？真是越来越有意思了，哈哈！这更证实了独腿的嫌疑，如果是箬笠，她需要给男人吃春药？"

"恰恰相反，我们应该重新考虑凶手的动机。"夏若生用手指敲着桌面，"如果凶手是赵申民夫妇，他们唯一可能的动机是谋财。我见过的所有谋财的凶手，必定用最直接的方法杀人。"

章鸿庆扭过头，低低地打量了一眼夏若生，道："夏医生，那你来给大家说说，什么样的动机会用到这个芫什么青？"

"杀人的动机无非这几个，利益、复仇，或者自保。目前发现的这几名死者，身份、经历截然不同，似乎这三个动机都很难成立。但再仔细想想，也许凶手真的是在复仇。"

"复什么仇？"

"风流债。"

"你的意思是这九个人都欠了同一个女人的风流债？"

"是所有男人欠了女人的。这案子是一个受过伤的女人在报复男人，我们应该调查一下箬笠的情史和家庭背景。"

"得了，说到底，我们还是在找疯子？"章鸿庆摆摆手，"和舞女打了这么多年交道，我敢保证箬笠不是你要找的那个受伤的疯女人。"

这时，一位拘留室的警员突然闯进来，向王克飞道："王科长，赵申民说有要事，一定要与您本人谈。"

当王克飞走进拘留室时，赵申民直直地站在床边，看起来比上次审讯时更为消瘦了。

"我要和你们做一笔交易。"

"交易？你有什么资格和我们谈条件？"

"我那天漏掉了一条信息，关于其中某一具尸体的。"他眯着眼，信心十足，"这就是我的筹码。我想，它对你们破案一定很重要。"

"条件呢？"

"放了我。我不是你们要找的人。我他×的在这里再也待不下去了！"

35 昙花

看到箬笠的小轿车从诚德花园里开出来，夏若生立刻让出租车司机悄悄跟上。车子显然不是前往仙乐斯，它拐了两个弯，朝闸北的方向开去。

离开了繁华的闹市区，周围景致逐渐荒芜。如此寒冷的深夜，她急匆匆地赶往哪儿？

再过去两里路，便是阴阳街了。1294 已不再是谁坚守秘密的小屋，而是一个曲终人散后的空布景。

夏若生坐在车后座上，看着车窗外的雪地泛着幽蓝的月光。积雪开始慢慢融化，她相信真相最终会像被覆盖的土地一样赤裸裸地袒露，无论有多么脏，多么丑。

但那辆黑色小车并没有开往阴阳街，它掉转方向，穿过了苏州河。

继续行驶了一会儿，车子突然在一个巷口停下。夏若生让司机停车，在路边等候。远远地，她看见一个女人下了车，身影隐没在黑咕隆咚的巷子里。夏若生也下了车，双手插在大衣口袋里，疾步跟上。

积雪融化后的石板路闪烁着冰冷的光芒，那被遮蔽的月光勾勒出大团的云朵，轻灵的边界，黑压压的重量。

女子急急走在前面，落下一个拉长的黑影。

她突然停在一扇院门前，叩了几下门锁，候人开门。

夏若生不愿意等，她最受不了的就是等待。她犹豫了一秒钟，最终清了清嗓子，淡淡地喊了一声："箬笠小姐。"

空无一人的巷子里传来了回声。没有人应答。

这一秒，只有她们两个人，空气干净得仿佛容不下一点秘密，仿佛一切已不言自明。

女人微微迟疑，转过脸来。夏若生走近几步，却吃惊地发现，这被朦胧的星光照亮的脸蛋，不是箬笠。而是兰兰。

兰兰眯着眼睛，也努力想要看清楚夜色中的夏若生。

"夏医生？你找箬笠姐？"她也很吃惊，"她今晚身体不舒服，没有出门。"

失望是难免的，但一种说不清的气氛让夏若生不愿意就此离开。"我经过这里，碰巧认出了你们的车。这里是什么地方？"

"是花圃。我是来替箬笠姐买花的。"兰兰回答。

夏若生听不出她是高兴或是不高兴。上一次见面，夏若生几乎没有注意兰兰的长相，此时看，她的脸形略显方，额头也有一点宽，嘴角带了少女的稚嫩，却没有女人的娇媚。她的声音是谦卑的恭顺，但眼神里却透着倔强。

这时，门背后传来移去门闩的声音，门被嘎吱一声拉开了，一张枯树根般的面孔出现在门后，一双灰色眼睛警惕地打量着两人。

"迪瑟，这是黄浦警局的夏医生，她和我一起来看看您的花。"兰兰落落大方地说，夏若生也没有推辞。

老妇人白发稀疏，身形佝偻，似乎独居此处。她一边咳嗽，一边带她们去后院。

她们穿过一个布置简朴的小门厅，里面有一个小案板和两把高背竹椅，在冬天看起来格外冷。

她们来到一扇红漆小木门前，门旁的墙上还挂着一小块竖竹篾，用毛笔题了字：

忍
冬
园

推开门去，眼前的空地上出现一个花园，令她眼前一亮。

这样的幻境仿佛只在梦中出现过——在萧索漆黑的雪地里，陡然立着一个巨大的玻璃暖棚，内部灯火闪烁，开满了奇花异草。

夏若生步入暖房，立刻感觉那熟悉的露水、绿叶、暖风和花蜜的气息包裹了自己，仿佛春天一夜来临。萤火虫在草叶间飞舞，发出幽秘的光芒。

"我不知道冬天也会有萤火虫。"

"这是雪萤，少数在冬天活动的萤火虫族群。"迪瑟颇有些骄傲地回答。

夏若生注意到她的嘴唇很薄，那褶皱和斑点下的皮肤底色比旁人更白皙，下巴上有一颗小痣，年轻时应是一个美人。她忍不住有一些感叹，每个人生命的水分迟早要被岁月蒸干，就像一张羊皮古卷，写了再多故事又有何用，指尖轻轻一碰便会碎成粉末。

她是相信及时行乐的。

"打仗时，你也在这里？"夏若生问。她抬头，透过玻璃穹顶，望着星光闪烁的夜空。她想象民国二十六年的冬天，日本人的飞机呼啸而过，在这上空投下炸弹，到处都是火海。

"那时候我在云南。替我看管房子的人说，炸弹落在两街之外，我们的屋瓦震落了好几块，暖棚震碎了一间，她把能移的花都移到了房子里，但墨兰都死了。"说着，她从大衣口袋里掏出一个扁平的小酒瓶，仰头灌了几口烈酒，咧开缺了几颗牙的嘴笑，"这冬天没有酒怎么活？"

这时，夏若生看见兰兰正蹲在另一个角落里做什么。

她走近，看见兰兰跪在地上，把一株白色花朵连根带泥移到一个新的瓷盆中。这种花平日里很罕见，但夏若生清楚记得她在箬笠的仙乐斯休息室里见过一盆。

"每天有那么多人给箬笠送花，她还需要买花？"夏若生双臂抱胸问。

兰兰忙碌着，幽幽地回答："因为箬笠只喜欢这一种……但没有男人会送她昙花的。昙花一现，有不好的寓意。"

"原来这就是昙花，它有什么特别？"夏若生问，她对花花草草其实并没什么兴趣。

迪瑟蹲下来，用枯瘦的手指清理昙花上的一些枝叶，道："这昙花，亦叫月下美人，喜温暖湿润，只在夜深人静时开花，但开过子夜便凋谢。"

"买这花，只能深夜过来，才能看到花开得足不足，花瓣大不大。"兰兰说着，从地上站了起来。她那稚嫩的脸庞被这大白花朵映得柔情脉脉。

一株昙花已被移到了一个洁白的瓷花盆中。白色大花朵，亦像这白瓷般透彻、伶俐，粉色根茎，正开得热烈。

夏若生好奇，也买了一盆。

迪瑟一边用报纸包裹花盆，一边自言自语："人的不快乐呀，通常都是因为活得太久。如果能像这昙花，在最幸福的时候戛然而止就好了。"

夏若生想了想，笑道："可惜很多时候，人们处于幸福中却浑然不觉。所谓最幸福的那一刻，常常是在回忆中的。"

她和迪瑟告辞，和兰兰一同走回巷口。兰兰一丝不苟地捧着花，默默不语。

"兰兰，我想问你个事，"夏若生知道希望不大，但依然要问，"箬笠是否去过阴阳街？"

"阴阳街……"兰兰摇了摇头，"箬笠姐不会去那种地方。"

夏若生不满意她回答得这么肯定，又问："你清楚箬笠的任何行踪？"

"嗯，虽然不是二十四小时，但我们几乎时时在一起。"

"那你帮我回忆一下，箬笠是否和朱世保、张新、董正源以及刘志刚之间有过什么交往？"

"那几人我都没听说过。但那个朱世保我记得，交往谈不上，箬笠姐只是觉得那人粗俗。我听箬笠姐说过……"兰兰停下脚步，紧皱眉头，"他后来还对她死缠烂打。"

"你以后也想成为像箬笠一样的舞星？"

"我不知道我想成为什么，但现在这样就挺好的。箬笠姐说只要她挣钱，就会给我一个地方住，给我一口饭吃，我就没想那么多以后的事。"

夏若生没有再问什么，这女孩的生活太过简单，忠诚两字占据了她全部的生命，哪怕箬笠真的杀了人，在她眼里也必定没有什么过错。

两人走到了巷口，夏若生看着兰兰小心翼翼地把花盆放入后座，并上了车。

直到目送她离开后，夏若生才走向停在路边的出租车。

36 夜

夜深人静时分，王克飞守在橘色的台灯前，手下意识地搁在电话的听筒上。

如果萧梦接听了，他该说些什么好？她会欢迎他的电话吗？但如果萧梦不希望王克飞找她，见面时又为何要留下电话号码？也许她只想听到他说对于离婚提议考虑得如何了……最终，他叹了口气，收回手。

他穿上大衣，围上围巾，走出了警局大楼。

王克飞在老船长酒吧独自喝了几杯伏特加。他回想着赵申民最后的供词："和别人不一样的是最后那一个，就是那个瘦子。他浑身都是血。这倒省得我再来一刀放血了。我在剁他时，发现这些伤口有的在胸口上，有的在肚子上，还有一道在胳膊上，想必是这家伙当时还用胳膊挡了一下。我当时就觉得奇怪，凶手杀其他人都杀得那么干净，怎么这一具场面搞得如此难看？"

张新，那个十九岁男孩，和其他八具尸体不一样，和董正源也不一样。照赵申民的说法，他至少被刀子刺过数十刀。因为凶手对他有格外的仇恨吗？或者这只是凶手发现毒药失效后，绝望的补救措施？

猛然间，王克飞发现自己正走在黑漆漆的阴阳街上。

他的脑袋因为酒精而发热，但吹在脸上的寒风仿佛是一个人在使劲摇着他，让他清醒。

他想象自己是董正源，正走在孤独的夜路上，一步又一步。他坦然、期待、好奇，可能还有一点紧张，却怎么都没猜到这是自己的死期。

遗像上的这个男人，掌握了浙江最大的银行和车行，一生精明谨慎，却在那一夜昏了头，丢了命。除了箬笠那样的女色，还有什么能令他如此义无反顾地去阴阳街赴一个约？

为什么是张新的身上有伤口？为什么是这九个人被挑中？……

王克飞站在1294的门口，从口袋里掏出钥匙开了门。

令他惊讶的是，里面的灯亮着，角落里的唱片机正在放一首咿咿呀呀的歌曲。他很困惑，以为自己走错了地方。这里又有人住了？屋子里停滞的温暖的空气，让他失去思考的能力。

这时，木梯传来吱吱嘎嘎的声音。他把手伸进了大衣，却慌乱地发现内侧口袋是空的，随后他才想起来，自己下班前把枪锁在了办公室抽屉里。他意识到自己醉了，站着都有些摇晃。

他绝望地抬起头，看见白色丝绸的裙尾折射出令人眩晕的光芒……一个女人缓缓走下木梯。

他松了一口气。

"你为什么在这里？"他后来记得自己这么问了。

"我要给你看一样东西。"他眼前的女人狡黠地眨了眨眼睛，领着他上了楼。

她递给他一杯酒。王克飞的眼睛没有离开她，接过喝了。

他靠近她，并想起了最后一次见面时隔着桌子闻到的她身上的香气，那是一种温暖的植物的味道，他从前一定在哪儿闻到过，但他一时想不起来了。

他把垂在她前胸上的几缕黑发拨到她的肩后，突然伤感地抓住她的肩膀，与她接吻。

她只是一直瞪着眼睛，带着仿佛洞悉一切的笑容。她看到他的黑眼睫毛投入地颤抖着。她接触到了他舌尖上的小刺，尝到了残留的酒精，终于，也伸出双手拥抱他冰冷的后背。

他们脱掉衣服，倒在曾被尸体污染过的床垫上。他为自己找回了她，感到充实而又空虚。她则一心感受着他的力量，他的背部如此结实，就像一头勇敢的小兽。他们四肢交缠，不言不语地做爱。

楼下的唱片机，传来隐隐约约的音乐声。梳妆台上的钟，发出嘀嗒嘀嗒艰难移动的声音。

同一个皎洁的月亮下，重获自由的赵申民回到家中。他打开门，看到屋内一片狼藉，却无动于衷。

女人离开了，带走了所有可以带走的家当。她甚至拆走了门帘，只留给他一把竹椅和一张光秃秃的八仙桌。三口大缸已被警察抬走。临街的窗玻璃被买过酱肉的主顾砸碎，冷空气嗖嗖地直往里灌。

他需要的只是一张自己的床而已。他一步步爬上二楼，在上床前，不禁又望了望 1294 后院里的那口井。

它像一张嗷嗷待哺的嘴，叫着嚷着要更多的尸体，而它的肠胃仿佛深得能通向地狱。

37 晨

王克飞和萧梦走进仙乐斯大厅，那里的装修是十年前的模样，高大的穹顶上绘着奇花异草，壁灯发出混浊的光芒。周围的人都停下来看他们。他仿佛能听到他们的私语，看到他们脸上的窃笑。他们穿过让道的人群，缓缓走向舞台……

突然间，音乐停了，一切瞬间消失，只剩他一个人站在黑暗中，四周是拨不开的浓雾。

他很好奇，萧梦的手是如何从他的胳膊中抽走的？他开始在浓雾中摸索，像个盲人，一边呼唤着萧梦的名字。"别闹了，这里危险。"但他清楚，其实害怕的人是自己，而不是她。

正当他感到孤独而沮丧时，他的身后出现了一簇温暖的火光。

他转过身，看到一个女人举着蜡烛，从浓雾中慢慢地走了出来。

烛火照亮了她的脸——夏若生奇怪地笑着。

"你为什么在这里？"王克飞问。

王克飞醒了过来，觉得冷。

他有几秒钟想不起自己在哪儿。橙色的碎花墙纸，绛红色厚重的天鹅绒窗帘，床头灯……他昏昏沉沉地坐起来，看见火盆里的红色已经熄灭，一只黑猫沿着墙角悄无声息地走了进来。

"哪儿来的猫？"他问。

夏若生把脸埋在枕头里，含混不清地回答："它从窗子里进来的。不用理它。"

王克飞扣好皮带，一言不发地走了出去。

他烦躁地站在窗边，扣上衬衣扣子，套上毛衣。他努力回忆昨晚到底发生了什么。自己为什么要来这里？为什么昨天晚上的她看起来如此像年轻时的萧梦？像天真时的萧梦？为什么她要留和九年前的萧梦一样的发型……

这时，夏若生披上外套跟了出来，她的发型像是被炸过，毛衣袖子上还有一个洞。王克飞觉得有点好笑，却笑不出来。

"我知道，你什么都不用说……"夏若生说。

"你知道什么？"王克飞问。

夏若生耸了耸肩。"这是个误会……你最近要离婚，心情不好……我们可以当作什么都没发生。"

"你为什么会在这里？"他皱着眉头打断她，这是他第三次问她。

"我？"夏若生瞪大眼睛，"我住在这里呀。我没告诉你？我租的房子到期了，既然这里空着……我知道我这么做不对，这里是作案现场，但我正好可以守着，对不对？我知道应该怎么保护现场，当然，我把暖炉生了……"她一边语无伦次地说着，一边手忙脚乱地捡起乱扔的袜子。

"你住在这里？"王克飞惊讶地重复了她的话。是不是全天下的女人都这么不可理喻？

"你为什么会来这里？"夏若生又问。

王克飞一时回答不上来。"我只是来看看。"

他喝多了酒，被萧梦的信搅得心烦意乱，也始终甩不走董正源在遗像中的模样，他想弄明白那些男人为什么只身赴约……这些都是他后来才想起来的理由。其实在昨夜，他什么都没有想，只是这么来了。

夏若生裹紧毛衣，问："你想喝杯咖啡再走吗？"

"咖啡？不，谢谢。"这时他已经穿好了外套，把帽子握在了手上。

一阵尴尬的沉默。

夏若生耸了耸肩，问："那……再见？"

王克飞戴上帽子，摔门出去。

夏若生咬着指甲，在原地呆站了一会儿。最后，她哼着曲子，从茶几上拿起玻璃酒杯走进厨房，把杯中残留的液体倒入了下水道。

在微弱的晨光中，窗台上昙花的花苞收得紧紧的，像一个拒绝享受生活的妇人，倒是那个白色瓷盆更为夺目。

这时，夏若生感觉一阵冷风从手边拂过，移去花盆，她发现这油腻腻的窗上竟有一指宽的窗缝，凑近细看，这木窗架之间还铺了一层细细的碎木屑。

她披上外套，走进院子，来到这扇窗户前。

外面的窗台上没有碎木屑，即便有，估计也被风吹走了。她俯身从窗缝往屋里望，可以望见灶间，再透过内门，望见客厅的一角。

当她困惑地站在雪地里思索时，她听到夜空中传来隐隐约约的叫骂声。仔细辨听，是凤珠的嗓音。

她想听仔细些，却不知道是谁家的公鸡连续打鸣，把凤珠的声音全掩盖了。

后来她终于在凛冽的空气中捕捉到了一些字句。

"你也不管管他?！你儿子都成偷鸡摸狗的小王八蛋了！也不知道他说的哪句是真，哪句是假。我早就说了，生女儿好，用不着操那么多心……再这样胡闹，迟早要被逮进牢里去……小赤佬！你不肯交代，就别想再踏进这个门……你以为我收拾不了你……"

夏若生正侧耳细听，郭老三家二楼的窗户砰地打开了。

一个黑色的小影子跨出窗户，蹦跶了两下，便蹿到另一户人家的墙头。不远处的狗吠个不停。

凤珠的怒气紧随其后。"你有种走，走了就别回来，我就当没生过你这个兔崽子！"

就在那会儿，凤珠低头发现夏若生正披着一件大衣站在隔壁院子里倾听，便立刻挤出一张僵硬的笑脸，大声招呼："夏医生，真对不住，是我把您吵醒了吧？"

"是我睡不着，起早了！"夏若生也大声回她。

"唉，这孩子不懂事。大了，管不了他了！"说着，她打了一个大哈欠，"夏医生，我再回去睡会儿！晚些见！"

她们尴尬地冲对方笑了一笑，便各自回屋了。

38 梦

夏若生急匆匆地走在前面，不时催促童海波快一点。童海波只是双手插在大衣口袋里，慢悠悠地跟在后头。

夏若生挡在忍冬园门口，对童海波说："这里也许会是你此行最大的收获。"童海波只是不以为意地把她拉开，朝她的身后望去。

他确实对眼前的景象感到惊异，情不自禁地迈入了花园。没想到这片贫瘠的雪地中，竟有一片仿佛梦境的花团锦簇的景象。

这场景让他怀念起夏若生曾送他的礼物，一个保存在玻璃球中的冬天。纷飞的大雪、木屋、森林、居民，随着发条的松散叮叮咚咚地旋转。这一个瞬间，一个片段，被保存得如此完整，却又如此易碎，就如同现在装在玻璃房中的春天。

在走进暖房前，童海波蹲下身，揉捏雪地里一朵不起眼的鹅黄色花朵，道："凌冬不凋，不愧为忍冬。"

"难得这位先生连暖房外的小野花都认识。"迪瑟从黑暗中走了出来，手上握着小泥铲。

"忍冬并非普通野花，它是重要的中药，也是香水的原料。"童海波道。

迪瑟眯起眼睛问："年轻人，你对植物有研究？"

"我只不过认识一些和香水有关的植物罢了。"童海波谦虚道，"您是这暖房的主人？"

迪瑟点头。她的咳嗽还没有好。

"两位慢聊，如果看上了合意的，只要拉那根绳子，我就会过来。"她脱掉橡胶手套，蹒跚着走进屋子。

"任何植物都可以成为香水原料吗？"夏若生倚在玻璃门上问。

"理论上是。"

"哪怕是没有味道的？"

"世界上任何一样东西都有自己的味道。有些味道虽然没有进入你的意识，实际上却在影响你。"

"就像那种毒药，在意识层之下影响着他，"夏若生思索着道，"制造一种有关爱的幻觉……"

"你的脑子里永远只有工作吗？"

夏若生怀疑死者胃中的生物碱来自一种叫入地老鼠的植物，它虽然无毒，却常被江湖郎中用作麻醉剂。昨晚，她把少量芫菁素和入地老鼠兑入红酒，本想喝下去体会一下凶手的动机，王克飞却闯了进来。

她又想，不如让他喝下去，她可以更清醒地观察药性。他本来就带了一身酒气，可喝了她的那一杯兑了药的红酒后，眼中却出现了更为复杂的情绪……仿佛有愉悦、爱怜，也有愧疚。

这不仅仅是催情药能够激起的欲望。

"也许人类的喜怒哀乐、爱恨情仇实在没什么高深的，都是一种化学反应，轻而易举便可被外物操控……"

"情绪也许可以被操纵，但情感不会。"童海波反对道，"爱或者恨，只可能来自每个人的内心，不能为外物强加。就像这萤火虫的光亮，源自它腹部的荧光素和氧气的接触，但没有荧光素，有再多的氧气也没有用。"

"既然药物可以虚构各种感觉，为什么就不能制造爱的幻觉呢？"

"你理解错了。被虚构出来的不是'爱'本身，而是爱的对象。这才是致幻剂的作用。"童海波说，"服用者也许会把眼前的人当作另一个人。"

难道他把自己当作了另一个人？夏若生微微感到不适，就像一张不透气的塑料膜从头到脚罩住了自己。

童海波又不是任何问题的专家，这一次也许他错了。

她走到暖房中央，踢掉脚上的鞋子，在草地上平躺下来。她深深呼吸了一下头发边青草和露水的气息，道："躺下来试试。"

童海波躺在她的身边。他的眼前是纷飞的蝴蝶和萤火虫，玻璃穹顶外是遥远的夜空。莫名地，他想到了那一年，她邀请他躺在宿舍楼的天台上。她说过："每当我遇到不开心的事，我就选择朝天空看。不管你身在哪儿，周围的事有多么糟糕，只有天空永远在那里。"

他突然好奇，她是否正有心事。

"我想告诉你一件事。"夏若生转向童海波。

"我也要和你说件事。"

两个人的脸靠得很近，童海波的眼睛在灯光下闪闪发亮。

"你先说。"夏若生说。

"不，你先说。"

"我昨晚做了一个梦。"夏若生舔了舔嘴唇，"梦里下了一年的雨，全世界都成了汪洋，我被困在山顶的一座石屋里。对面的山头上还有另一座房子，燃着火堆。我知道有人住在那里，可看不见他的脸，听不见他的声音，更无法越过深渊，到达他那里。可我知道，他燃着火，是为了告诉我，世界上还有一个人活着……终于有那么一天，当我意识到自己爱上了点火人时，火堆却熄灭了。"

那时候，梦醒了，她看到王克飞正在穿衣服。

"我不明白这代表了什么。"童海波困惑地说。

"我没有看见梦中的人，奇怪的是，我却清楚知道他是现实中的谁。那种爱的感觉既虚无，又是那么真切。"

童海波半晌没说话，仿佛并没有听到她在说什么。

夏若生转而笑了起来，用胳膊肘碰了碰他。"轮到你了，你想说什么？"

"我忘了我原本打算说什么。"童海波对着夜空苦笑了一下。他庆幸，自己不是先说的那个人。

出租车停在国际饭店门口。童海波下了车，突然转身，扶着车门道："忘了告诉你，我订好了二十三号回巴黎的船票。"

"等等。"夏若生按住他的手，"在走之前，你还要帮我一个忙。"

"什么忙？"

听夏若生说完后，童海波挥挥手，只道了一句："晚安。"

夏若生冲着他的背影叫道："你这算是答应了吗？"

童海波举起一个"OK"的手势，消失在玻璃转门后。

39 舞客

那一夜，仙乐斯舞宫来了一位贵客。他宽肩长腿，风度翩翩，出手阔绰。常混舞厅的人从来没有见过他。他们不知道他从哪儿来，也猜不透他是商人、买办，还是政府要员。但大家清楚，他是冲着箬笠来的，其他舞女艳羡，也只能坐一旁旁观而已。

她们的目光随着他的身姿流转。这位舞客身材挺拔，塞在裤腰带里的白衬衫衬得他的后腰笔直。他的袖口长度刚刚好，纽扣精致。

遇到中意的客人，她们乐意少收点舞票，甚至免费。也只有和有感觉的客人在一起，这踏着节拍的动作才是享受。脸和脸慢慢靠近，空气中弥漫着"激素"的气息，每一次低头浅笑，每一个话题，都充满若即若离的情欲，每分每秒都值得珍惜。

箬笠破例和他跳了第三支舞。他又讲了一个关于荷兰人的笑话，她笑得有些情不自禁，为了站稳，不得不牢牢握住他温暖的手掌。

"马先生回家晚了，太太会罚您跪搓衣板吧？"

"如果我有太太，这是一定的。如果我有太太，我也不敢来这里了。"

箬笠莞尔。

坐在角落里的夏若生啜了一口威士忌，她猜不到海波说了什么把箬笠逗笑。但天知道她在舞池里的喜怒是否由心而发？他的笑话是否真的那么好笑？

她从两人的身上收回目光，望向舞池的另外一角：兰兰正背着手贴着墙壁，站在一盏壁灯下，目不转睛地看着舞池中的那对人。

有意思的女孩，夏若生心想。不施一点脂粉，面无表情，仿佛什么都惊不到她。如果这副大骨架能再丰满一些，能被这爵士乐熏陶出女人的风情，或许日后她会大受欢迎。这时，有舞客上前搭讪，兰兰依旧一副冷若冰霜的表情。那舞客大约已半醉，不依不饶，兰兰不堪骚扰，退入后台不见了。

看久了，夏若生的视线逐渐迷失了焦点，最后出现在她眼前的是王克飞，他看起来有点冷峻，和她一起倒在脏床单上……

夏若生无奈地用手指叩了叩自己的脑门。

董家和箬笠这两条线究竟有没有交会点？又是在哪儿交会？如果一切进展顺利，海波会不会成为凶手的下一个猎物？……她又开始在幽暗的舞池中搜寻童海波和箬笠的身影。

"马先生见多识广，不知道从事什么行业？"

箬笠的大眼睛扑闪着。她是否早已识破自己的身份？童海波大胆地回望她。"猜猜看。"

"感觉马先生气质不凡，应该留过洋，又读过很多书。"

"箬笠小姐过奖了，我确实在法国待了整整十一年。接着猜。"

"你的工作应该和某样东西有关。"

"是什么？"

"书。"

"好眼力。我是个书商。"

两人笑。他带箬笠转了一个圈，把她拉得离自己更近一些。

"ça sent bon, votre odeur（你的气味闻起来很香）。"他说。

他的身上是一股她喜欢的洁净的气味。

"vous aussi（你也是）。"箬笠回答。

尽管他并不能确认她脸上的羞涩是否属实，但这句话，他并不怀疑。

"现在舞业大不如前，来的也都是些粗鄙之人，箬小姐屈身这里，恐怕有些委屈。"

箬笠的长睫毛颤抖了几下，叹息道："小时候，我的理想是做一个老师，嫁个老实人，过最平淡也最幸福的日子。可命运却没有给我这样的机会。父亲在我九岁时就抛弃了我们。母亲是越南人，人生地不熟，只好回到老家，把我和两个弟弟养大。前年母亲患病去世，我带弟弟们来上海投奔姑妈。可没想到，那地址早已空无一人。我们流落街头，多亏邓老板收留。外面有一些传言……但邓老板只把我们当作女儿一般，对我和兰兰一直很照顾……"

"为什么要取名箬笠呢？"

"我们刚到西贡时，和外婆外公住在一起。外公只要闲着，就坐在门边编织箬帽蓑衣。每天早上我都和外公去河边钓鱼，南方的夏季三天两头下雨，每每下雨时，外公便解下他的箬帽戴在我的头上。这青箬笠，绿蓑衣，便是我在世上最怀念的东西。"

40 访客

周青玲敲了敲门，表情古怪地向王克飞道："王科长，有人找你。"

王克飞还没来得及发问，那位不速之客已经侧着身子钻进门，站在他的写字桌前。

"听说你们在找我。"董家文说。

他看上去已经几天没有洗澡，胡子拉碴，头发打结，围巾胡乱地缠在脖子上。

王克飞关上门，在他对面坐下。"你来上海几天了？"

"老头子下葬那天，我就来了。"董家文的眼睛神经质地眨个不停。

"我们找你，是想问问你关于董淑珍……"

"她的事我什么都不会说。"董家文打断他，"母亲死后，淑珍就是这个世界上对我最好的人。"

他的反应倒出乎王克飞的预料。"是吗？她总说你是疯子，你倒不生气？"

"她的心里其实比我更清楚这是怎么回事。她不承认，是因为她怕魔鬼惹不起。人人都如此懦弱，世间便没有正义了。"

王克飞不愿意与他扯远了，直接道："我看她对张猛，倒比对你们这两个亲兄弟更亲。"

"张猛，那个奶妈的儿子？"董家文笑了，"哈哈，别看他个头大，他从小性格就像姑娘，容易害臊，又容易哭，我们不带他玩，他便只好找淑珍玩了。虽然淑珍比他小很多岁，但他什么都听她的。他们是干'姐妹'，哪里比得上亲兄妹！"

王克飞想了想，又问："那你来上海做什么？"

"替董家揪出凶手。本来我想掌握一些证据后再透露给你们，免得你们也说我是疯子。但对手太狡诈了，我现在需要你们的帮助。"

他把椅子往前移了移，瞪着那双混浊的眼睛，悄声道："你相信我们董家被魔鬼诅咒了吗？"

王克飞闻到了他身上的一股酒气，也许不是来自今天，而是昨天，或者更早，就像地窖里的陈年酒坛子。

"怎么被诅咒了？"

"事情从我五岁起就不对劲了。有天下午，我和家强在祖屋的后院里玩，这浑蛋仗着人高力气大，把沙包扔到了墙外。我们只好翻墙出去捡。

"墙外是一片荒无人烟的湿地。当我捡起沙包时，突然看见在湿地中间的小木屋里躲着一双眼睛，正一动不动地盯着我们看。这可不是一双普通的眼睛，如果你叫我画出来，只有用那种酞菁绿的颜料才能表现。我听大人说过，这水中央的小木屋已荒废十几年了，因为四面环水，水里有蛇和蜥蜴，所以从来没有人上去过。可当时怎么会有人在里面呢？我急忙叫董家强看，他明明也看到了，却偏说什么也没有。回去后我对家长说起此事，家强却不愿替我做证。

"后来当我开始学画画的时候，那双眼睛又出现了。每当夜深人静我一个人待在画室时，他就会站在我身后。我听到他和我画里的人物在交谈，说一种我听不懂的语言，像是俄语，他们整夜在我耳边窃窃私语……后来那些人听了他的召唤，就从我的画里爬了出来。

　　"第一次见到这个场景，我和你们一样，怎么都不敢相信。当时我正在临摹米勒的《扶锄的男子》，那个浑身沾满了泥巴的男人从画里走出来，把我推倒在地，举起锄头就要杀我。要不是用人恰在这时闯进来，我肯定已经死了。

　　"只要其他人在场，狡猾的魔鬼就躲起来了。于是所有的人都不信我，要么认为我在说谎，要么觉得我在幻想。

　　"有天我一个人在西湖边闲逛，你猜我发现了什么？我看见董家强和魔鬼在一起，他们站在断桥上说话！我开始只是觉得奇怪，他们怎么会相识呢？后来越来越多的事叫我明白，他们是一伙的。我以前怎么没有想到呢？他就是在一步步挑拨父母和我的关系，让所有人都把我当成疯子。

　　"可没有人信我，就在几天以后，董家强串通陈医生，怂恿父亲把我送到精神病医院。就是从那时起，父亲再也不爱我了，他甚至不愿意正眼看我。"

　　王克飞沉吟了一会儿，掏出一支烟。"你当年的画室在什么地方？"

"在祖屋里。就在我住院期间，父亲在离银行更近的地方盖了房，全家人搬出了祖屋。他们没有再给我准备画室，我出院后，只能在旁边一所中学画画。"

"出院后，那双眼睛有没有再出现？"

"在医院的那十八个月里，世界就安静了。出来后，那些鬼魂，似乎也暂且放过了我……但他们并没有放过我的家人。母亲从我小时候就最疼我，当时她就极力反对把我送去医院。可等我出来后，她却病了，很严重的病，一直到死，都没有好过。"

"什么病？"

"陈医生说是血液病。天知道这是一种什么怪病，总之她吃不下饭，日渐消瘦，后来索性连床也下不了了。"

"为什么你这么肯定你母亲的死和董家强有关？"王克飞问。

"因为她死的时候，他就在她的房间里！"董家文的双眼流露出懊恼，"那天中午，母亲感觉不舒服，就进房间休息，下午她突然对用人说想见我，有话要对我说。可我刚好不在家。于是那帮蠢货就把董家强叫去了。董家强进房间后，把门关了，谁也不知道他们在里面说了什么。不到半小时，这畜生突然大喊。用人冲进去，发现母亲已经死了。陈医生说，她是发病死的。魔鬼杀人，又怎么会留下痕迹呢？"

"那天下午，你在哪儿呢？"王克飞问。

"我……"董家文突然低下头，涨红了脸，像被人掐住了喉咙，"我出院后，所有人都避开我，我的手总是发抖，再也不能画画。我只能喝酒。那个下午，我在酒馆里喝醉了……我恨自己，恨自己，没能和母亲说上最后一句话。"

他用袖管擦干眼泪鼻涕，继续说："在葬礼上，我和淑珍无意中听到医生和小姑的谈话。他说，母亲命苦，早年家庭动荡，在生我和淑珍的时候，都是难产，唯独生家强是例外。我那时如被雷击中，突然全明白了。这个人不是我们董家的人，他是魔鬼的儿子！我后来在一些书上读到，魔鬼要具有人形的话，他先要找一个母体。他找到了我们董家。他的脐带从来没有和母亲的相连过，他生下来时只有核桃那么大。

"我早就知道父亲会出事，可他们不愿听我的警告。一年前，我在上海办了一次画展，魔鬼又出现了。时隔多年，他以为换了外形，我就认不出他来了？我发现他这次牢牢地盯上了父亲。我提醒过父亲，提醒过淑珍，提醒过所有人，可他们谁都听不进去，他们只会在心底笑话我。"

王克飞轻轻吐了一口烟，他不知道自己是不是在浪费时间。

"你知道除了你父亲外，还死了其他九个和董家不相干的人吧？"他问。

"我知道。死者都是男人，是吗？"董家文镇定地说，"魔鬼要保持自己的人形，必须吸收很多精气。书上都是这么说的。"

"那他现在保持的人形，是男是女？长什么样子？"

"他有时候是男人，有时候是女人，有时候是小孩，有时候是老人。别忘了，他是魔鬼，他可以变成任何样子！

"父亲在临死前，一定知道我是对的。可一切都太晚了，家财都落到了他们手中，董家已经快完蛋了。董家强这个冷心肠的，知道父亲死的时候，他眼泪都没有流一滴。他是个傀儡，他是魔鬼的儿子！我必须保护我妹妹。你们必须帮助我们。"

"怎么帮你？"王克飞摁灭烟，坐直了背问。

"我预感到，他动手的下一个目标，是淑珍肚子里的孩子。董家强现在赖在杭州不走，就是为了找机会下手。我们如果设一个圈套，让这浑蛋自以为和淑珍单独相处了，他就会原形毕露。到那时，你们就会相信我说的一切。"

董家文离开后，王克飞发了一会儿呆，拿起电话，让接线员转到杭州李欣同的家中："喂，董小姐？我是黄浦分局的王克飞。你一切都好？"

那一头传来董淑珍纤细的声音："王探长，好几天没有你们的消息。出什么事了吗？"

"别担心，没什么事。我是想问问你，家文是不是去年在上海办过一次画展？"

王克飞听到她烦恼地叹了口气，似乎不愿意他再打探董家文的事。

"是。二哥的两位画友为了鼓励他，去年替他办了一次画展。我们全家都参加了，当然，除了大哥，因为他在重庆。唉！可二哥太不争气！前一晚喝得酩酊大醉，第二天参加画展揭幕时他还是醉醺醺的，对宾客们胡言乱语，后来我们不得不提前扶他回去休息。"

"你有没有注意到画展上有什么特别的人出现，并和令尊有过交流？比如不在受邀名单上的？"

"当时沪上的三家报纸都登了小广告，捧场的人并不算少，很多人都不在受邀名单上……但我并不记得有什么'特别'的人和我父亲说话。"她在电话那头的声音听上去似乎有些不痛快。

"你还记得画展的日期吗？"

"去年十一月。具体日子我已经记不起来了。"

"好吧，打扰了。"

王克飞挂了电话，把周青玲叫进办公室。"查一下去年十一月沪上的报纸，看看有没有新闻提起董家文的画展具体是哪一天，在哪儿办的。这是董家文最近一次看见'魔鬼'。我想看看那一天其他嫌疑人有没有可能出现在画展上。"

"好。"周青玲默默地记下了，又道，"735门牌号的调查结果出来了。有五条街有 735 的门牌号。"

她打开笔记本念道："它们分别是华龙路上的富贵出租车车行，麦琪路上的翔云茶馆，西蒲石路上的圣衣会，以及宝昌路和爱多路上的石库门。"

"圣衣会？"王克飞问。

"圣衣会女修道院，也就是我们说的苦修院。"周青玲回答，"感觉和案子没有什么关联。"

"先别下结论，带上董正源的照片，去这几个地方问问谁对他有印象。也许我们可以找出来他在上海有什么不可告人的交易。"

周青玲犹豫了一会儿，怯生生地向王克飞抱怨："箱子上的密码，很可能只是随机的数字，说它是门牌号也没什么确实的把握，这简单的走访恐怕更是大海捞针……"

王克飞叹了一口气，靠在椅子上，道："我刚开始做这行的时候，总觉得能不能破案很大程度上靠智力，聪明的人能首先想到其中的奥妙，就像所有侦探书中写的一样。

"可等我做了一年以后，我才发现聪明常常是没有用处的，破案似乎全凭运气，比如说，我有一个同事就是在喝茶时听到了邻桌的对话，而戳穿了凶手的不在场证明，立了大功。

"但后来，我才知道，运气并不是从天上来的。一个案子破不了，缺的不是推断力，而是信息量和生活经验。这两样东西都可以通过勤奋得到，所以……"他转向周青玲，"去见更多的人，问更多的问题，尝试更多可能性。勤能补拙，也能补运气。"

41　巧合

　　下午，周青玲把两份报道过董家文画展的报纸，放在王克飞的写字桌上。报道只占了不起眼的一个小角落，上面把董家文介绍为"才华横溢的写实主义青年画家"，称这次画展可以"陶冶情操，让人呼吸一口新鲜空气"。报纸上方印刷的日期是十一月十五日。

　　王克飞默默地看着窗外。化雪时的城市显得真脏呵。

　　十一月十五日。又是一个十一月十五日。

　　这一天，董家文在上海办了一场小型个人画展，除了董家强外，董家全家出席。相隔一年后的同一天，董正源出现在仙乐斯舞宫。

　　这世界上确实有种该死的东西叫"巧合"，它们乍一看让人血脉偾张，但本质上却只是老天随机安排事件的方式之一。时间、事件、人物上的巧合，时常夺取警员所有的注意，最后却被证明毫无意义。

会不会真的存在这样一个人，他去看了画展，并和董正源约好一年后的同一天在仙乐斯见面？这也是为什么董正源会在那一天"心血来潮"地直奔仙乐斯，点名要和箬笠跳舞……解开了这个谜，才能回答他为什么不久后会死在阴阳街上。

王克飞召开会议交流各自手上的线索，并嘱咐孙浩天带人调查去年十一月十五日，箬笠和她亲近的人有没有去过画展。

夏若生也来了，她默默坐在角落里，膝盖上盖着一本小说。他并没有通知她开会，虽然她有权力参与案件的进展。他希望她坐在那里，就这么玩着手指甲，不要开口。如他所愿，当他说完最后一个字后，她只是轻轻咳嗽了两声。

"这案子可真棘手呢，每个人似乎都没有动机，看起来个个都像好人。"孙浩天总结道。

"恰恰相反。"王克飞说，"这案子棘手的地方，在于每个人都有秘密，每个人都很可疑，看上去都不像好人。"

"你信董家文的话？他真的在画展上见鬼了？"章鸿庆问。

"从我对他的观察来看，他并非只活在幻想中。"王克飞回答，"他只是某些想法比较偏执而已。"

"夏医生，你认为呢？"章鸿庆突然转过身，破天荒地向坐在末排的夏若生请教。

"我认为？"夏若生瞟了眼皱着眉的王克飞，"我觉得他是典型的妄想型人格，他父亲从小就不喜欢他，他逐渐把父母的死亡和自己的失宠都怪罪在哥哥身上，并把他幻想成魔鬼的儿子。再后来，他读了很多鬼怪故事，自己建立了一套体系，对此越来越深信不疑。"

"说得好。"章鸿庆得意地摸了摸八字须。

王克飞不愿意与夏若生针锋相对，草草宣告散会。

他回到办公室，从抽屉里取出今天刚收到的来信。他能猜到萧梦寄给他的是什么。他发现抽屉底还留着一张萧梦早年的照片，便取出来端详了一会儿。

他的思绪被敲门声打断，抬头，发现夏若生站在门边。

"有什么事吗？"王克飞疑惑地看看夏若生。

夏若生自顾自拉了把椅子坐下。"其实我同意你的猜测，董正源和其他死者不一样。"

她说话时，瞟了一眼王克飞手边的照片。

王克飞有些疑惑，不知道她要搞什么花样，问："凭什么？"

"因为张新身上的刀伤。"

"怎么说？"

"这毒药中最诡异的是它的致幻成分。我们假设凶手使用它，目的不是为了让任何人去死，而是为了追求一种完全迷幻的情欲状态。可是由于凶手并没有完全掌握这种药的特性，导致那八个试验品白白死去。在第九个人张新的身上，他终于成功了。"

夏若生偷偷向他手边泛黄的照片望去。照片上的女人穿了旗袍加针织开衫，耳后夹了一个繁复的发夹，懒懒地倚靠在某座石桥的栏杆上，含情脉脉地笑。那是一个春天，他带她去郊游了？

她接着说："在确定试验成功后，他才对董正源——他真正的目标下手。这也是为什么从董正源死到尸体被发现，凶手再也没有作案。因为他已经完成了他的任务，再也不需要回到1294。"

"如果他杀张新，是因为张新还活着，看见了他的容貌，必须要死……"王克飞分析道，"那所谓试药的成功到底是要人活，还是要人死？"

"发挥致幻的作用，同时让他活下来。"

王克飞往椅背上一靠，道："若真如你所说，他在张新身上试验成功了，为什么董正源还是死了？这不是自相矛盾吗？"

"这也是我想不通的地方。"夏若生承认，"也许，凶手并不像我们想得那么完美，最后一次，他只是失手了……"

"这世上真有一种药能让人听到的、看到的都不作数？"王克飞点了一支烟，漫不经心地问。

"在《本草纲目》中就记载过一种花，'笑采酿酒饮，令人笑；舞采酿酒饮，令人舞'。广西山区也有一种巨人蕈，谁若误食，必会产生幻视，周遭的一切看起来都像庞然大物，甚至一只家猫都可能把误食者活活吓死。还有一种虫果，若吃进肚子，会同时产生幻视和幻触，仿佛有无数的小虫子在全身皮肤上爬动。所以啊，大自然无奇不有，什么都可能发生。"

"而那晚的你，又究竟看到、听到了什么？"这一句，夏若生始终没有问出口。

42 735

周青玲和夏若生去富贵出租车车行调查。董家在杭州拥有一个车行，她们本期待两者之间有什么联系，可车行老板却表示他知道董先生，但和他没有任何交往。车行里有七十五辆出租车，周青玲本打算问问司机师傅们谁对董正源有印象，车行老板却说不必了。

原来前不久黄浦警局在车行办公室张贴过启事，寻找曾经载董正源去阴阳街的出租车司机，但并没有人站出来承认。"毕竟都过了大半个月了，师傅们每天拉那么多单生意，谁还记得住这些细节？"

翔云茶馆有三三两两的客人在打牌。掌柜的说他第一次听说"董正源"这名字，还是读了《申报》上的讣告。他也不认为董正源来过茶馆，或者和茶馆有什么关系。这时，游手好闲的茶客们围了上来，七嘴八舌地打听起来："听说还死了好多其他人？""凶手真的是舞女？"……周青玲和夏若生好不容易才脱出身来。

她们又去看了两个居民楼，那里人来人往，更是无从调查，只好在楼道里贴了告示。最后两人坐在街边的长椅上歇歇脚。

"王科长昨天对我说：'勤能补拙，还能补运气。'"周青玲叹道，"可捞大海里的针靠勤奋有什么用，还得靠运气。"

这时，一个年轻黄包车车夫一边拖着空车小跑，一边嬉笑着朝她们吹口哨。周青玲便捡起地上的小石子朝他掷去。

夏若生却站起来，道："不是还有修道院没去吗？"

圣衣会修道院是一栋四层建筑，通身漆了白色墙粉，在夕阳下亮得耀目。虽然立面狭窄，但可以想象它跨了一个街区，后门开在另一条马路上，在这庞大的身躯里面，藏着数不清的黑色的小房间。

悠远的钟声响了起来。夏若生看了看手表，下午四时整。她抬起头，只见西墙头立着一个塔楼，黑色的窗户紧紧闭着。一群灰鸽从塔楼后惊飞，掠过绯红的晚霞，向西飞去。

这时，大铁门吱吱嘎嘎地缓慢打开，只见五名穿黑袍的修女低垂着头，鱼贯而出。她们匆匆走向马路对面的圣依纳爵主教堂。

风撩起黑色头巾，守贞姑娘们露出了苍白的小脸。

一位蓝灰裙袍的嬷嬷紧随其后。夏若生追上前，想和嬷嬷说话。她却不加理睬。无奈，她们只好走向正要闭合的铁门，亮出了证件。

这一位黄嬷嬷是法国人，长得慈眉善目。她带她们去见院长。穿过一个松柏青葱的后院，树和树之间的绳子上晾晒着洁白的单人床单。紧接着便是一条黑暗的长廊，没有一点自然光，两旁是一个又一个紧锁的小房间。她们像两个盲人，只能紧紧跟随黄嬷嬷头巾上的白边。

院长办公室在四楼。当她们到达四楼时，夏若生发现走廊尽头还有一个窄小的旋转木梯，大约通向塔楼。她问黄嬷嬷："塔楼平时是做什么用？"

黄嬷嬷犹豫了一下，道："那上面常年空着，储放一些杂物，并没有什么用处。"

空荡荡的办公室内只有一张写字桌，摆在光洁如镜的深色橡木地板上。院长不在。

墙的一侧挂着红木大镜框，贴着二十多位修女的黑白半身相片。有华人，也有白人，她们中有的极为年轻，眼角稚嫩，脸上却同样没有丝毫的笑容。也许快乐也和享受一样，是要受惩罚的？

其中一位修女看起来有些眼熟，但夏若生想不起在哪儿见过，也许只是与她见过的某人有几分相似而已。她转身问黄嬷嬷："圣衣院里如今有多少位修女？"

黄嬷嬷答："自从我们迁入这里，一直都是十八位修女。"

"那相片上的其他人是？"

"在修道院里住过一阵的女教徒们。"

"我以为，教徒不能进圣衣院，连参观都不允许。"

"是这样的，"黄嬷嬷回答，"但也有例外。来了的人要完全遵守修道院生活的清规。"

夏若生见墙上贴了张一周日程安排表。进餐，祈祷，望弥撒，领圣体，夜课经……就连允许交谈的时间也规定得清清楚楚，可见这些女人过着多么严苛的生活，如同一口口分秒不差的大钟。

见到每周有三天的上午写了"代补赎"，她便好奇，问黄嬷嬷这是什么意思。

黄嬷嬷似乎有些不情愿地回答："鞭打自己的肉体，代世人赎罪。"

这时，周青玲轻轻咳嗽了一声。

院长不知何时起已经悄无声息地站在她们的身后。

她戴着一顶漂洗得洁白，四角上翘的帽子，如同顶着一把小伞。她亦是法国人，长着一张刻板的长脸，棕黄色的眼珠像玻璃球一般空洞，眼角和肥胖的面颊耷拉下来，看似一只不愉快的腊肠犬。

听到周青玲和夏若生说明来意后，她冷淡地接过了相片。

她看了眼相片，便不假思索地回答："我没有见过这位先生，也不知道关于他和他的家庭的任何事情。"

"会不会是哪位修女和董家有关联？"

"本圣衣会以克己修身为本，所有守贞姑娘从入院起便与世隔绝，与外界再无任何交流。至于她们在入院以前与俗世的纠葛，我们并不清楚。"

看谈话进行不下去，一旁的黄嬷嬷赶紧使眼色，示意她们出去。周青玲和夏若生只好告辞。

失望是不必说的。

被黄嬷嬷送出门后，周青玲撇了撇嘴，道："如何才叫大海捞针的人不失望？恐怕还是在之前就不要抱有希望为好。"

43 信

尽管母亲在电话那头叫嚷着"一个女孩子深更半夜不回家像什么话……"，周青玲还是果断地挂了电话。她穿过嘈杂的音乐和蓝色的雾气，回到夏若生的身边。

她知道男同事下了班喜欢来老船长酒吧，但她还是第一次进来。她们身后的墙壁上装饰着舵和一些海洋鱼类的模型，两三个美国水手正在角落里掷飞镖，也有女子在桌边喝酒。

夏若生又朝四周张望了一番，缩回了脖子，漫不经心地问："你的未婚夫是做什么的？"

周青玲知道夏若生并不关心答案，她也许是在等什么人。

"他是美光火柴公司的人事经理。"

"听起来很闷的工作。"

周青玲微微叹了口气。

夏若生喝了一口血腥玛丽。这款饮料刚开始在巴黎推出，反响平平，倒是十年前先在纽约红了以后，才在巴黎流行起来。

"如果让你在圣衣院里待上一年，你会怎么样？"夏若生问。

"如果只是起早摸黑、祈祷倒也可以忍受，但若要我用鞭子抽自己，我可做不到。凭什么要我替那些汉奸、鬼子受罪，痛的是自己？"她点的是加了冰块的可乐。她不明白这种黑色的药水有什么好喝的。

夏若生把一粒薄荷糖放入艳红的双唇，转身看着周青玲，道："若把我关在那里，不给我自由，我不会离上帝更近，反而会投奔魔鬼。"

周青玲吐了吐舌头。"嘘——我们这么说，上帝听了会不会生气？"

接着她又叹了一口气，道："我们花了那么大力气，却依然毫无头绪。你知道我有什么感觉吗？1294 的案子永远也破不了了，又是一个无头案。这也正常，每年没破的案子比破的还多。只不过王科长刚上台，不甘心自己的第一个大案不了了之。再说，董家人有钱有势，也给了他和周局长很多压力，你看他最近阴沉着脸，办公室里都没人敢和他说话。"

"他以前不是这样？"夏若生问。

"他一直不苟言笑，叫人不敢随意与他说话，但他最近的冷酷一定与这案子脱不了干系。当然，萧梦要和他闹离婚，肯定也叫他不好受。"

"离婚？"

"听说他昨天收到了萧梦的信，有人猜是离婚书。"

周青玲感受到可乐的气泡在舌尖上犀利地跳跃，突然才思泉涌："一个男人如果是云呀，遇到湿气重的爱情，便成了阴沉沉的乌云。"

夏若生被她老气横秋的样子逗乐了，问："那一个男人要飘飘欲仙地升上天堂，还得找一个太阳蒸发他一下？"

两人笑。夏若生再次四下张望，她的脸上明白无误地写着失望。

周青玲眯起眼睛问："你和王科长怎么了？"

夏若生怔了一下："为什么这么问？"

"他好像在躲着你。"

"有吗？"

"昨天开会时他几乎没朝你那个角落看。下午开会你不在，我问他要不要等你，他忙说不用。"周青玲很得意自己的观察。

夏若生挤了挤眼睛，道："可能他怕自己在我面前显得像个傻瓜。"

此刻，王克飞正躺在床上，朝暗红色的天花板吐出烟圈。

枕边放着他昨天收到的信。在"萧梦"两字旁边，为他的签字留了空格。

王克飞熄灭剩下的半支烟，又拿起离婚书，端详了一会儿萧梦的笔迹。莫名地，他觉得那两个字充满了活力，洋溢着喜悦，仿佛她迫不及待想要抛弃过去，开始新生活。

他对着纸页发了会儿呆，似乎在上面看见了夏若生的面孔，以及她的白色丝绸睡衣上的光芒……他不得不承认，她们在外貌上是有一点相像。

他不愿意迎接她的眼神，是怕那些连他自己也不明确的情感真会被她从眼睛里看了去，当了真。

夏若生终究不是萧梦。

当你发现任何人都替代不了她时，这是否就算是真正的爱情了？他真的有些糊涂了。

童海波穿着睡袍，坐在台灯下写信，左手心里还握着一团白色的手帕。

"……近日虽夜夜相见，但只要一人独处，你的音容笑貌便徘徊不去，这恐怕就是他们所说的相思病吧？此心真诚，非逢场作戏的儿戏话……更何况有了你这方丝绢的承诺……"

他停下笔，回忆起最后一次去仙乐斯舞宫。那天的暖气很足，两人坐在小桌边闲聊，他的额头竟微微渗了汗。箬笠用自己的手绢替他拭汗，又交在他的手里。

童海波闻了闻手绢上的脂粉香，笑道："这算是定情信物了？"

箬笠也笑。"如果算是，那恐怕定的也只是很轻的情。"

他用钢笔蘸了点墨水。"本是定于二十三日的船票，却已推迟两次，只因不忍与你相隔大洋。冒昧恳求，另安排时间，觅一安静之处见面。我期待当面告诉你，我对未来的安排。"

他把信装进信封。为了防止自己的信混在众多爱慕者的信件中被错过，他又在封口上签上了大名：马德生。这个名字让他心底泛起一丝愧疚。

接着，他从抽屉里取出一个音乐盒。

他上了发条，这《致爱丽丝》便叮叮咚咚地响起来了，玻璃球内大雪纷飞。他用手指抚摸着球身，轻轻地笑了一下。

44 影

童海波用完餐，坐出租车回到国际饭店。当他付完车费走向转门时，却猛然在玻璃门上发现一个奇怪的人影，和流光溢彩的霓虹灯重叠在一起。

那是一个女人，穿黑大衣，戴着一顶带面纱的西洋帽子，一动不动地站在街道对面，似乎正在望着他。

"先生，要擦鞋吗？"他还没反应过来，一个五六岁的小男孩已经蹲在地上，给他擦起皮鞋来了。

他拉开男童，转过身去，只见一辆有轨电车从街道中间缓缓驶过，挡住了他的视线。等车开走后，奇怪女子已经不见了。

他犹豫了一会儿，推门走进大堂。角落里几名客人正喝着咖啡，听一位年轻人演奏《月光曲》。他走向前台询问有没有他的信件，脑海里却想着刚才那名女人的身影。前台说，没有他的信件，倒有一封电报。

电报来自他在格拉斯的同事乔瑟夫。童海波上周曾发电报回去，说自己在上海被一些事情耽搁，可能会推迟一周回法国。乔瑟夫在回复中嘲笑他，一定是遇到了什么女孩舍不得离开。

童海波走在走道上，边读边笑。

他回到房间，放水洗了澡，换上睡袍，给自己倒了一杯水。这时，他发现露台上的落地窗帘微微摆动，他放下杯子，蹑手蹑脚地走向露台。

他猛地扯开窗帘，背后什么都没有。

落地窗打开了一条缝隙，正有冷风往里钻。

他刚回房间时，确实曾走上露台看了看花园的夜景，或许是自己忘了关窗。

他在心底笑话自己疑神疑鬼。

虽然夏若生警告过他，离箬笠越近，等于离危险越近，但他却想不出危险会来自何方。至少在他看来，箬笠并不讨厌自己，或许还有点喜欢。可昨天当他对夏若生这么说时，夏若生却笑他："原来男人和女人一样好骗。"好吧，就算她的喜欢只是假象，但多一个愿意为她赴汤蹈火的爱慕者，难道不好吗？

他关上窗，转过身打量幽暗宽敞的房间。靠近阳台是两张沙发和一个茶几，对墙摆了一张楠木书桌。房间正中是床，除了床头柜外，还有一个女人用的梳妆柜。房间另一头是带百叶窗的双门大衣柜……除了一个落地灯和两盏台灯点亮的空间外，其他的角落都沉陷在黑暗之中。

他上了床，靠在床头读几页从巴黎带回来的香水行业报告。等到他略微有些困倦时，他看了看床头柜上的手表，放下资料，拉灯睡觉。

不一会儿，黑暗中便响起了轻轻的鼾声。

一个影子在转角处出现。

它和黑夜融为一体，仿佛是刚从颜料管中挤出的、不可被切分的黑色。

黑影悄无声息地接近床边，突然猛地俯身冲下，如同一只扑向猎物的雕。

凶手凭着刀子刺下的感觉，便知道自己扑了空。

躲过一击的童海波紧紧抓住再一次落下的刀刃，翻身坐起。

匕首从他的手掌中被抽走了，紧接着一道寒光闪过，带血的刀子再次向他扑来。他随手抓起枕头阻挡，霎时，鹅毛纷纷扬扬地落下。他趁势滚下床。

黑影再次降落，铺天盖地，瞬间，他感觉脖子上一阵火辣辣的刺痛。他再次本能地抓起睡袍阻挡刀锋。他闻到了一股血腥味。

来者不给他任何喘息的机会，已经朝着他的胸口袭来。童海波侧身再次躲过一击，但刀尖撞击地板的巨大声音让他为来者的愤怒而不安。他究竟是谁?

就在这时,门铃突然响起。

突如其来的铃声让两人同时一怔。童海波趁机用浴袍裹住匕首,两人抢夺时,刀刃划破浴袍,切入他的手掌,一阵撕心裂肺的疼痛。正当他怀疑自己是否可以支撑下去时,急切的门铃声再次响起。

凶手突然松开手,从露台门倏地闪身出去。

45 视线

童海波起身追赶,却只看到一缕影子消失在黑黢黢的后花园。

他的两眼发黑,脖子一侧的血管还在扑通扑通地跳动。

门铃再次响起。

大门打开后,夏若生惊讶地看见童海波赤裸着上身,头发被冷汗打湿,脖子一侧血流如注。低头一看,才发现他的手掌也鲜血淋漓。

夏若生立刻给保卫处打电话报告袭击,但显然当保安们磨磨蹭蹭地赶到后花园搜索时,凶手早已经混入人群离开了。

夏若生从酒店要来纱布，替童海波包扎了脖子和手掌。

童海波皱着眉照了照镜子，又低头看了看被裹得像熊掌的双手，问："做你们这行的不用学习怎么包扎？"

"不学，因为死人不用包扎。"夏若生抓起"熊掌"前前后后欣赏了一番，问："你打算怎么报答救命之恩？"

"若不是你，我这会儿说不定已经抓到她了，你们的案子也破了。"

"别吹牛了，再向左一毫米，你现在就躺在我的解剖台上了。"说着，她又后退几步，看着他，"你若真死了，我也不会活着，因为是我害你的……"

童海波莫名地觉得这严肃的神情配她的五官真美。这劫后余生呵，看什么事物都是美好的。

"你还没说，大半夜来找我做什么？"

"我本来有一个想法，想和你探讨一下。"

"本来？又是关于这案子？"

童海波想摇头，脖子却动弹不得，便叹了口气。

夏若生往沙发上一坐。"我本来是想告诉你，我觉得凶手是个对董正源有感情的女人，她用催情药只是因为她不想或者不能让董正源看见她真正的面貌，而董正源的死亡是一次意外。若果真如此的话，凶手不会是箬笠，因为1294案从半年前就开始了，而董正源和箬笠在十一月才相遇。因此，凶手应该是和董正源相识很久的人，而且她的任务已经完成，不会再出手……唉，可是……现在凶手又明目张胆地来杀你，我真的糊涂了，好像我的假设通通错了……"

"这还不容易解释吗？"童海波在她身边坐下，"她本来爱上了董正源，现在又爱上我了。"

"她爱上你，为什么要杀你呢？"

"或许因为她识破了我不是马先生，因爱生恨？"

夏若生对他的自恋不屑一顾。箬笠必定知道常去舞厅的人都是逢场作戏，谎报一个职业，吹嘘一个学历都是家常便饭，就算她觉察出了他在说谎，也没有途径可以知道真相，毕竟这只是他们两人的计划，在案发前并无第三者知情。

"刚才我在大堂打听你的房间号，前台对我说：'这里没有一位姓童的先生'，我才想到你也许把前台的名字也改成了'马德生'。你可真够细心的！我又问他们，这两天有没有其他人来打听过这位'马先生'的房间号，他还特意问了另两个轮班的前台，都说没有。问题是……凶手怎么知道你住在这里？"

"那封信……我在信中留了回信地址。"童海波捂住额头，"天哪，这么说果真是她？可她刚才来势汹汹，仿佛与我有深仇大恨，我真的无法理解。"

"也许她的仇恨来自童年的经历。她把抛妻弃子的父亲的影子投射在每一个男人身上。"

正在这时，孙浩天带了取证科的人赶到了。

取证员如获至宝地捡起地板上的匕首，放进证物袋，仿佛它是破案的唯一指望。

童海波忍不住打击他："凶手戴了皮手套……所以，这刀上恐怕只有我一个人的指纹。"

他又指指那个精致的水晶水壶。"你们该看看这水有没有问题。一个女杀手如果没有麻醉敌人，就这么直接带刀闯进来，实在是太莽撞了。"

"你没喝吧？"

"没喝。我在饭店门口看见黑衣女人时，就怀疑她已经到过我的房间了，为此多了个心，屋里的水和食物都没有碰。我熄了灯以后，就在等她出现。要不是紧贴着床边缘睡，早就被她捅成烂柿子了。"

"你没有看到杀手长什么样？"孙浩天用笔杆子敲了敲笔记本，道。

童海波不喜欢别人质疑他的观察能力，但他确实什么都没看见。

"也就是说，你并不能确定这大门外的女人和进你房间的人是同一个人？"

"不能百分百确定。"

"会不会那个黑衣女人只是普通路人，而凶手是男人呢？"

"我虽然没有看见，但听到了她搏斗时的喘息声，这是女人的呼吸声。"

这时，夏若生的余光突然发现了写字桌上的玻璃球音乐盒。

她认出了这是五年前她送给童海波的生日礼物。

只轻轻一碰，清脆的音乐声又响了起来，吸引了屋子里其他人的注意。

"你还带着它。"她自言自语。

46 伤

下午周青玲把箬笠请回警局，名义上是协助调查。王克飞不希望在有确切证据前把事情闹大了。第一是因为箬笠的身份，势必会引来更多的谣言和报刊的报道，干扰正常办案；第二，周局长不希望盲目的调查干扰仙乐斯舞宫的生意，从而影响他和邓中和的友谊。

他们已经和舞厅各方面求证过了，去年十一月十四日至十六日连续三天，邓太太刚好组织五名舞女一起去太湖玩耍。箬笠和兰兰也去了，开了两部车，箬笠的王司机是其中之一。所以箬笠、兰兰以及她的司机都是绝对没有机会出现在董家文的画展上的。

周青玲听到火柴划过的声音，一抬头，看见箬笠正欲点烟，忙道："对不起，这里不能抽烟。"

箬笠快快地把火柴吹灭了，把烟收回包里。她环顾了一圈办公大厅，问："你们叫我过来，还是为那个案子？"

"这个，还是等王科长来了和你说吧。"周青玲瞟了一眼箬笠，又低头写文件，脑海里却深深印下了箬笠百无聊赖的脸庞。她从来没有去过舞厅。她想象那是一个烟雾缭绕、气味很冲的地方，男男女女懒懒散散地贴着身体，毫无这日光下的羞耻感觉。

有一次和堂姐经过百乐门看见新贴的舞女画报，她便想挤进男人堆里一窥究竟，却被堂姐死活拖走了。箬笠本人比画报上的女人更漂亮。这夜夜笙歌不知道是什么感觉，时间久了恐怕也会闷的吧？

这时，王克飞走了进来，把箬笠请进了他的办公室。

他正要关门时，夏若生也挤进门，大喇喇地坐在了角落的沙发上。

王克飞怔了一怔，只好由她去。他从书桌抽屉拿出一把刀，放在桌上。"认识它吗？"

箬笠摇头。"从没见过。"

"昨天晚上，就是这把刀差点杀了马先生。"王克飞在她对面坐了下来。

"马先生？那位法国留学回来的书商？"

"这次你的记性没那么糟。"

"你刚才说他怎么了？"她的声音或许有些颤抖，"他现在在医院？"

"请放心，他的身体没大碍。"

"你说有人要杀他？给我看刀是什么意思？我又怎么会知道凶手是谁呢？"

"凶手是在他的饭店房间行凶的。据他所说，他在上海没有任何亲人朋友，知道他住处的只有一个人，"王克飞瞥了一眼箬笠搁在桌上的右手，她正紧紧抓住包带，"就是你，箬笠小姐。"

"我？"箬笠困惑地眯起眼睛，"我怎么会知道他住哪儿？我知道他住饭店，但不知道是哪家。我们没有熟到那个地步。"

"不对。他给你写过信，信封上有地址。"

"我没有收到过他的信。"

"别紧张。会不会是有其他人看见那封信上的地址呢？会不会你身边有什么爱慕者出于嫉妒……"

箬笠轻蔑地笑了一下。"可笑。没有什么信，也没有这样的人。"顿了顿，她似乎受了委屈，眼泪快要掉下来，"这大上海，是不是只要哪个男人出了事，你们都要找我来问话？"

王克飞一见到女人的眼泪便不知所措，看见箬笠掏出烟，他便倾身为她点燃了。同时，他瞟了一眼夏若生，她正咬着指甲看着窗外。

箬笠吸了一口烟，手指在桌面上比画着，眼眶里还有泪水在打转。

看她安静了下来，王克飞又问："昨晚你没有一直待在仙乐斯？"

箬笠微微抬高下巴，吐了一口烟，没有回答。

"听说你九点离开的，比平时都早，能解释一下吗？"王克飞又问。

"我的偏头疼犯了，回家了。"

"回家后再也没有离开？"

"回家就睡了。"

箬笠在烟缸里摁灭了烟。"没有其他问题的话，我就告辞了。"

"你恨你父亲吗？"保持沉默的夏若生突然开了口。

箬笠惊讶地转过身，瞪着她。"我为什么要恨他？"

"他抛弃了你和你母亲。"

"那是多少年前的事了……我早忘记了。"

"就算你忘了，你的母亲也不能忘。她一直爱着他，至死都未再嫁。"

"说这些干什么？别以为从哪儿探听来一些小道消息，你就了解我了。"

"这不是小道消息。是马先生告诉我的。"

眼中这一刹那的惊诧是如此强烈,箬笠甚至没顾得上掩饰。下一秒,恨意又泛上来了。如果他在眼前,她或许真会拿起桌上的刀扎下去。

"我要走了。"箬笠拉了拉下滑的狐皮大衣,站了起来。

"马先生不是马先生,他姓童,也不是书商,你知道吗?"夏若生也站了起来。

箬笠愣了一下,拉开门,头也不回地走了出去。

巧的是,孙浩天正带着童着海波穿过走廊。箬笠和童海波打了照面,措手不及地各自停住了脚步。童海波穿着一件熟褐色高领毛衣,严严实实地把脖子上的伤口盖住了,手上依然缠着绷带。

箬笠的委屈和愤怒却要一股脑撒在这个人身上。

"马先生……不,是童先生,听说你昨晚受惊了。幸好只是一些皮外伤,也许跳不了探戈,但至少能跳圆舞。如果你今晚还是那个马先生,我还是会在仙乐斯等你。"她的声音酸得叫人牙疼。

童海波看着她远去的背影,又转身看了看双臂抱胸的夏若生,吃惊地问:"你都告诉她了?"

夏若生撇了撇嘴:"这不是对她好吗?你真打算一直演下去?"

"少来了,我还不够了解你吗?鬼才信你是为了她好。"

"她说她没见过你的信。"

"大堂礼宾替我差了个小男孩去送的，事后那小子说他没见到本人，但交给了另外一位姐姐。那位姐姐不仅不给赏钱，还踢了他屁股一脚，所以他跑回来跟我讨双倍的赏钱。"

"我不希望你们再进行任何私下的行动。"王克飞的声音突然响起。

夏若生转过身。这似乎是自从那晚以来，王克飞第一次对她说话。

"我本打算掌握了一些情况再告诉你……"她辩解。

"如果他昨晚真的出事了怎么办？你还嫌九条人命不够多吗？"

夏若生舔了舔嘴唇，无言以对。

童海波跳出来圆场："这不是夏若生的错，一切都是我的主意。"

王克飞皱了皱眉，转身要回办公室。

"等等。"童海波突然叫住他。

"你们告诉过箬笠，我的脖子受伤了？"他指指自己的高领。

王克飞和夏若生摇头。

"记得她刚才说了什么吗？我若不能跳探戈舞，至少还能跳圆舞……以我的处境来说，这两者之间唯一的区别就是，探戈舞有头部的动作，而我没法转脖子了。"童海波竖着脖子，眼睛在王克飞和夏若生之间瞟来瞟去，"她知道我的脖子也受伤了！"

"她只有两种途径可以知道：她是凶手，或者她认识凶手。"夏若生道。

王克飞略一沉吟，对周青玲说："查一下从昨晚到现在，她联系过什么人。我要她和这些人的不在场证明。"

王克飞离开后，童海波靠近夏若生，眨了眨眼，道："他就是那个在你梦里出现的家伙吧？"

"你怎么知道的？"夏若生惊异地看着他。

童海波只是苦笑了一下。

47 在场

司机姓王，矮胖敦实，头发油光光地梳向脑后。他以前给邓老板的原配夫人开车，原配前年去世后，他就被派到舞厅做箐笠的司机。周青玲猜想他每晚在舞厅里一定瞪着这双淫秽混沌的眼珠子，上上下下地打量舞女们，就像他现在打量自己。

"没错，九点多她就对我说要回去了。本来还想着今天早收工，轻松了，可以去试试手气，但我刚要走，那小丫头又跑出来了。她说一回去就接到邓太太的电话，要她赶紧趁着良衫制衣关门前，去把订的那些衣服拿回来。你说这邓太太也真折腾人，早不叫，晚不叫，偏偏这个时候叫。"

"小丫头是兰兰？"周青玲停下笔，问。

"是。"

"什么叫'偏偏这个时候'？"

"这女孩子在一起久了，闹些小别扭是家常便饭，比如我老婆——"

"你说箬笠和兰兰昨晚吵架了？"

"吵没吵我不知道。我只知道两人在仙乐斯门口上车的时候就不对劲。一个说是头疼靠着左边，另一个的脸严肃得像个九饼。两人一路都没说话，我为了热气氛，说了个笑话，她们权当没听见。"

"邓太太要她拿什么衣服？"

"邓太太听说生意不好，便找了些舞女排了个歌舞节目，还给每人做了一件演出服，结果第二天要排练了，这裙子搁在店里还没拿回来。当然，我说的这邓太太是二房，是在原配死后一个月娶进门的。"

周青玲知道这个问题和案件无关，也不会把它记录下来，但出于好奇，她还是忍不住问："听说箬笠和邓中和有恋爱关系，是真的？"

王司机听后，随即摆头笑了笑，一副深谙内情的表情。

他靠近周青玲说："这传闻呀我可听过不知多少次了，但以我的观察，这是没有的事。你没见过现任的邓太太，她可是个厉害角色。

用一句话说，顺我者昌，逆我者亡。如果箬笠和邓老板谈恋爱，她还会花力气去捧红箬笠？还会让她住大房子，给她司机和车用？箬笠能有今天，也多亏讨得了邓太太的欢喜。"

箬笠的靠山是邓太太，而不是邓中和，这一点倒出乎周青玲的意料。

"箬笠从十点到十一点半之间在哪儿，你知道吗？"

"这我还真说不准。差不多九点一刻，我就带兰兰去了裁缝那里，箬笠应该是一个人在家，听说她们的保姆回老家就没再来，邓老板正在物色新的人。"

"但这段时间你一直和兰兰在一起？"

"兰兰？也没有。我把她送到裁缝店就走了。"

"你不送她回去？"

"因为有件衣服要改，裁缝说要等一会儿。兰兰就说不麻烦我在那里守着了，裁缝老板会帮她叫辆车回去。她这么说，我就走了。"

"你走的时候是几点？"

"大约九点半吧。"

"然后你去哪儿了？"

"嘿！嘿！"司机嚷起来，"这是怎么回事？你们真正想调查的人是我？我告诉你，我可没有一分钟是一个人待着的。送完兰兰，我就去肖信赌庄打麻将了，差不多深夜一点时，又和他们去吃了消夜，再后来就回了家，我老婆为了输钱的事还半夜三更和我吵了一架。"

周青玲知道让兰兰开口会很困难。她已经向良衫制衣的老板打听过，老王走后大概十分钟，那一件衣服的领口就改好了。兰兰拿了衣服，在街上叫了辆黄包车就离开了。那时候不过九点四十五。童海波回到大堂，看见那个女人差不多是十点十分，也就是说，如果兰兰是凶手，她不仅有时间赶去国际饭店，甚至有时间先回家把衣服放下。

而箬笠在电话里声称，她因为头痛，上床前吃了粒安眠药，睡得很深，完全不知道兰兰那晚是什么时候回来的。

当周青玲问起她和兰兰昨天是为了什么事情吵架时，电话那头是几秒钟的沉默。

箬笠似乎并没有预料到要回答这个问题。最后，她才支吾道，她们不愉快是因为"一些琐事"，具体起因她也忘记了。

打完电话，周青玲走进审讯室，兰兰正规规矩矩地坐在桌边。

"我们没有吵架，只是那天箬笠姐在生我的气。"她双手交叠，放在腿上，规矩得像个犯错的小学生。

"她气你什么？"

"我把她的信都弄丢了。"兰兰的记性倒是很好。

"信？"

"箬笠姐的信件都是由我代收的。昨天正好是迎新年大扫除,我随手把那几封信搁在了钢琴上。那时候舞场还是打烊的,只有内部人员在里面。可等我一转身,那些信就不见了。我问了好多人,各个角落也找遍了,可就是找不到。老王说它们是被当作垃圾收走了。但我觉得这明明白白都是未拆的信件,怎么会被当作垃圾呢? 肯定是有人故意拿走的。"

　　"你知道是被谁拿走的?"

　　"到现在都没查出来,但箬笠姐不高兴了,怪我不小心……"

　　"所以,马先生的信也在里面?"夏若生插话道。

　　兰兰愣了一愣,道:"我怎么会知道呢? 我又没拆开来读过。"

　　"这是你第一次丢了她的信?"夏若生又问。

　　兰兰似乎有些恼怒。"那当然。这次也是意外,好端端在那里,若不是有人存心拿走,根本不会丢……"

　　"你从裁缝店出来后去了哪儿?"

　　"我直接回家了。那晚我看老王心不在焉的,就让他先走了。后来我自己坐了黄包车回去的。"

　　"回去后,箬笠在家吗?"

　　"她的房门是关着的。因为她之前生我的气,我也没敢去和她说话,就直接进自己房间睡了。"

那天下午，大家坐在茶水间里，喝茶吃糕点聊天。

"两个人都没有不在场证明。一个说自己吃药早睡了，一个说没敢敲她的房门。如果她们要袒护对方，其实只要相互掩饰就万无一失了，可她们偏偏没有这么做。难道是因为太诚实？"周青玲捂着茶杯问。

"我猜是闹了别扭。"章鸿庆说，"这个兰兰肯定嫉妒箬笠。"

"可难道我们就没有其他嫌疑对象了吗？比如说，凶手可能是舞场的一个小郎，疯狂地爱慕箬笠，又有机会偷走信件。"孙浩天说。

"童先生不是说了进房间杀他的是女人吗？"周青玲问。

"那是他把大堂门口遇到的影子和凶手联系起来，才得出的结论。这叫先入为主。化验科的人说了，房间里的水和食物都没有被下毒，也就是说，很可能之前并没有人进过他的房间。他在饭店门口遇见的女人只是一个普通的住客罢了。"孙浩天分析。

这会儿，消失了半天的夏若生突然急匆匆地闯了进来，环顾左右。

"夏医生，你上哪儿去了？"周青玲问。

"我去了一趟圣衣会修道院。"

"啊，你又去修道院了，为什么？"

"我知道凶手是谁了。"

屋里所有人的惊讶可想而知。他们都等着她说明凶手是谁，她却故作神秘起来："请再耐心等待一天。等剩下几个疑点弄明白后，我自然会告诉你们全部的答案。对了，谁见着王科长上哪儿去了？"

章鸿庆靠在墙角剔着牙。"他刚动身去杭州啦。"

48 意外

董家文本来一直与父亲同住。董正源死后，回到杭州的董家强也搬进了这宅子。董家文不愿意与之在同一屋檐下相处，便暂住到妹妹董淑珍的家中。

王克飞眼前是李欣同夫妇在半年前入住的小洋房。它位于半山腰，可以俯瞰白雪茫茫的西湖。

看到董家文把他领进家，董淑珍惊讶地从沙发上站起来。"王探长，你怎么在杭州？"她的肚子比上次见面时又隆起了一点，尖尖的下巴也圆了起来。

"王科长来杭州办其他案子，我邀请他来住两天。"董家文抢着回答。王克飞可以看出董淑珍眼中的疑虑。

"父亲的案子有什么进展？"

王克飞每每遇到这样的问题，便有些尴尬。他只好解释，他们目前锁定了几个嫌疑人，但还在取证中。

晚上，王克飞入住二楼客房。他枕着手臂，看着天花板上的枝形铜吊灯，久久难以入眠。想到和萧梦的告别，他便觉得未来一片黑暗。在他们相识以前，他也一样形单影只，却并不觉得孤独。这世上所有不可消化的空虚，都是因为得到了又失去。

他走上阳台，对着月光下黑色的西湖抽了一支烟，然后想下楼去花园里走走。

二楼的走廊里立着一个精巧的红木书架，上面错落有致地摆放了翡翠托盘、琥珀花瓶、古铜烟斗等装饰品，正中是董正源和他妻子的合影。

王克飞拿起照片打量董正源的妻子，她的头发向后拢去，露出圆润的五官。宽厚的嘴唇和双目中闪耀的母爱的光辉，似乎都能说明她是一个好女人。而左边那一个正义凛然的董正源似曾相识……对了，应该就是灵堂上的那一幅。王克飞这才明白过来，这不是照片，而是一幅栩栩如生的炭精画。也许是董淑珍叫人把父母各自的遗像画成了一张合影。

当他走下楼梯时，发现李欣同正独自坐在客厅的欧式沙发上看文件。他见了王克飞，摘掉眼镜，指着沙发道："想不到王科长也没入睡，请坐。"

李欣同收拾起茶几上的文件，王克飞瞥了一眼，注意到了一些有关遗嘱的字句，便问："最近你们还忙于料理董先生的身后事吧？"

李欣同点头。"遗产分配的确有些复杂……家强最近一直留在杭州处理，他明天一早会来与淑珍签一些文件，我就先帮淑珍整理一下。"

"他怎么不去公司谈呢？"王克飞问。

"因为家产部分主要涉及淑珍，但她怀了孕，又不便去银行，所以……"李欣同改变了本来的表达，"我认为只要他们兄妹两个商量好就行了。我毕竟是外人，在不在场不重要。再说，我明天一大早有个会议，不能偷懒啊，这职位不知道还能坐多久。"李欣同低下头，擦了擦镜片，脸上显出一丝自嘲的落寞。

王克飞道："你的经理位置应该不会受影响。"

"这我就不清楚了。现在换了董事长，总会有新主意，"也许因为已是深夜，李欣同开始吐露真情，"其实啊，老人家的想法我真的无法理解。我和淑珍一直全心全意照顾父母，但这次遗嘱上只分到了一栋湖边的祖宅和一小部分股票，那个房子破破烂烂，年久失修，等于是个累赘。董家文呢，分到了一辆车和一些黄金，可笑，这些对一个醉鬼来说，实在没什么用。倒是老大，这么多年都没照顾家里了，但银行、大房子、大车子都是他的。"

抱怨完后，他似乎觉得自己多嘴了，赶忙转换话题道："请问王科长此行的真正原因是？"

"抱歉，我们的任务不便透露。"王克飞的心里并没有底气。一切真的是董家文的幻想吗？难道自己走投无路到只能追随一个疯子了？但他已准备好了，如果明天一切正常，自己便不会露面，除非真的有危及董淑珍的紧急情况出现，他才会出手。

第二天一早，当用人进来通知董家强的车子已进入花园时，董家文向王克飞使了个眼色，把他带进了与书房相连的储物间。

王克飞看到董家文神情紧张、坐立不安的模样，便提醒他道："待会儿无论发生什么事，你都不能出声，知道吗？"董家文答应了。

王克飞躲在储物间门后，透过锁眼，看到董淑珍把哥哥带入了书房。他们客气地寒暄了一番后，董家强坐下来，拿出一沓资料。"我本想带律师一起来，但又觉得外人说话太条条框框，还不如我简单表达一下意思好。"

他说，他想保留董家在湖边的祖宅，愿意用公司百分之五的股权交换，这样董淑珍就将成为董事会中持有股份最高的人。他不懂金融，也不愿插手银行业务，他会全权交给李欣同一人打理，他只会每年回杭州参加两次董事会议。而他继承的住宅，董家文可以继续住下去，他自己则会回重庆。

董淑珍对于这些安排显然有些吃惊。"我以为你会把嫂子他们接到杭州来。而且，你已经很多年没回去看过祖宅了吧？恐怕和我们童年记忆相去甚远，它已成了个杂草园子。你真的要拿股份换它吗？"

"我们董家后来遭遇了很多变故，住在那里的时光是我人生中最珍贵的时光。我会把那里打理一下，季节好的时候，也许会带家人小住。"

当对股权转让的提议没有异议后，董淑珍便在书桌上签了一堆文件。董家强把文件收入皮包中，问："你最近身体如何？我看样子是个男孩。"

董淑珍低下头，捂着肚子笑道："我还是喜欢女孩。"

"对了，你嫂子让我给你带了点燕窝，听说对安胎有好处。之前忙于琐事，没空带来。你可以尝一下。"

王克飞发现董家文越来越焦躁，恐惧和愤怒已经扭曲了他的面孔，急忙把他按在椅子上，警告他别出声。

董家强弯腰从皮包里取出燕窝，董淑珍立刻高兴地打开瓶子，嗅了一下，道："我马上就让他们拿去厨房加热。"

王克飞没有料到，就在那一刻，董家文奋力挣脱了他的手，不顾一切地冲出门去，大叫一声："他要害你！"并把燕窝打翻在地。

董家强震惊地站起身来。董家文已经在书房里叫骂起来："你毒死母亲不够，还要来毒死淑珍！你这个禽兽，快滚出去！"

董家强显然已忍受多时，他愤怒地抓住董家文的衣领，一拳挥去，两人扭打作一团。王克飞试图拉开两人，董淑珍也上前劝架。"作孽！别打了！"

这时，董家文胳膊肘一用力，董淑珍便连连后退，后腰撞在了铸铁花架上。

顷刻间，她的脸色煞白，捂住肚子大喊起来："来人哪！"只见她的裤管下透出一缕殷红。

49 断桥

恼怒的董家强亲自尝了瓶中剩下的燕窝，以证明没有藏毒。董家文知道自己闯祸后早已逃之夭夭，王克飞不得不留下来应对这窘困的局面。

李欣同和陈医生带上房门走了出来。看见王克飞，李欣同烦躁地摆了摆头，走开了。

王克飞问陈医生："情况如何？"

"唉，胎心不稳，也不知道能不能保得住……"

陈医生今年已经六十岁。他说起董淑珍和董家文都是他接生的，他看着这三兄妹长大，可如今老大和老二不合，闹得鸡犬不宁，他也觉得惋惜。

王克飞突然记起，董家文曾在他母亲葬礼上听到陈医生和小姑间的一段谈话，大意是说董家强的出生和老二老三不同，便问："董家强也是你接生的吗？"

"不，不，我当时不在场。那几个月董先生和夫人住在苏州东山疗养，并未告诉我怀孕的事。等我接到通知赶过去，老大已经生下来了，幸好很顺利，他们找了当地一个有经验的接生婆。"

说完，他叹气道："淑珍从小就比她两个哥哥更懂事。我在退休前也没什么可求的了，只希望淑珍和孩子都没事，让董家的这场风波赶快过去。"

经历了这场闹剧后，王克飞也不便在董淑珍家久留，决定去司机下榻的旅馆会合，下午即回上海。

冬日的暖阳照着波澜不惊的西湖，堤岸上的积雪正在融化。几个孩子在放风筝。王克飞怀着心事赶路，不知不觉间，来到了断桥边。

这时，透过身边一间茶馆的雾气腾腾的窗户，他竟看见了董家强。

与他同坐在八仙桌边交谈的是一名背对窗的陌生女子。

王克飞迟疑了一下，推门而入。

舞台上一个穿湛蓝色长袍的男人在拉二胡，四周人声喧哗。

在王克飞穿过桌与桌，脚与脚之间走向他们时，董家强也发现了王克飞，站了起来。

那名女子同时回过头，王克飞吃惊地发现，竟是夏若生！

她穿着灰青色旗袍和毛线开衫，鬓发夹在耳后。虽是第一次见到她这番打扮，王克飞却觉得她的模样如此熟悉，让他有一丝恍惚。

"你怎么在这里？"他低声问。

"王探长，夏医生希望我能带她去董家祖宅转一转，我正好也好多年没有回去了。你想一起去吗？"

王克飞低头看看夏若生，她正托着下巴，等待他的回答。

他要弄明白这女人究竟打的什么主意，也不想就这么空手而归，便答应同去。

三人走出茶馆后，董家强又说："王探长，其实在你来之前，夏医生正和我说起你呢，她说你是因为同情家文，才被拖到杭州来的。我可以理解，你们的工作也是为了最大限度弄清楚事情真相。希望经过这一次，你不会怀疑我了吧？"

"我并没有怀疑过你。"王克飞说。

"那你希望从他那里求证什么呢？"董家强十分困惑。

"董家文其实有很出色的观察能力，他发现的每一个细节都是有根据的，和旁人不同的是，他把跨度这么多年的细节联系在一起，得出了一个匪夷所思的结论。"

"比如说，什么样的细节？"

"你们母亲生你的时候没有难产，生董家文的时候却难产了。"

"这又能说明什么？"董家强笑了一声。

"在董家文被送进精神病医院的前几天，你是否曾和人站在这断桥上说话，被他瞧见了？"

"我依稀记得那一次。那天下午，一位外地妇女向我问路，我便和她多聊了两句。想不到这家文瞧见了，非说我和什么魔鬼在一起，回家大闹特闹。没过几天，他的病越发厉害，父亲就把他送去了医院。那年他才刚满十六岁，也真是可惜。"

顿了顿，他又说："你看看，你说'他发现的每一个细节都是有根据的'，但这些细节其实都是被他的脑袋瓜扭曲的现实，在这基础上得出的结论当然也是扭曲的。"

当董家强找到他的车，上前和司机说话时，王克飞转身问夏若生："你为什么要他带我们去祖屋？"

"我告诉他，我有办法化解他和董家文的矛盾。我知道他们理解的误区在哪儿。"

"误区？"

"嗯，就好像我们面前的是同一个西湖，但看到的其实各不相同。"

这时，她的一只胳膊搭在断桥的石扶手上，冬日微风撩动乌晶发夹后的鬓发，她的侧脸秀美动人。王克飞突然明白了为什么此时此景如此似曾相识，因为他和萧梦在婚后的第二年春天来过杭州，而她也正是这番打扮。他似乎还为她在这石桥上照过一张相。

　　他心中觉得匪夷所思，但也不便提问。

　　这时，董家强请两人上车，谈话便中断了。

　　小轿车往市郊开去，大约二十分钟后，停在了一片开阔的湿地前。下午四点的夕阳正浸入湖水，水面耀眼得如同一面铜镜，凛冽的北风迎面吹来，金色的芦苇轻轻摇晃着。

　　三人被眼前的美景震撼，谁也没有开口。

　　王克飞看见远处湖中央有一间小木屋。屋顶已经坍塌，墙身也已倾斜，几只白鹭绕着它盘旋。这就是董家文所说的第一次看见魔鬼眼睛的地方吧？确实，没有"人"能够从水面上走去木屋，除非有船。而如果有船的话，这放眼望去，应该也早就被董家人发现。

　　"这里是后门？"夏若生问。

　　"对，整个湖泊就像是我们的后院。它依然是我记忆中的模样。"董家强动情地说。

　　"前门开在马路边，被门闩闩住了。我们从后门进吧。"董家强走到后院门口，插入董淑珍提供的钥匙，却发现锁扣早已生锈，扭不动了。

王克飞踩着破瓦罐翻上墙，向夏若生和董家强一一伸出了手。三人翻入院落。

这已荒废的后院是当年两兄弟玩耍的地盘，如今长满了藤蔓和一人高的杂草。

祖宅很大，有三重院子，走道连着厅堂，两侧是厢房，看格局应是清末的建筑。屋内家具都用白布兜起来了，扣锁上结了厚厚的蜘蛛网。

"这里已经有二十多年无人居住了。"董家强撩起一把蜘蛛丝，感叹道。

"来这里。"王克飞听到夏若生在叫。

他走进一间侧房一看，这里正是董家文的画室。一个个画架依旧支在那里，只是被罩上了白布。夏若生轻轻揭开一块白布，顿时扬起一片灰尘。画上是一位欧洲贵妇，她端庄地坐在那里，嘴、鼻子、耳朵、手以及衣服的质地都活灵活现，唯独没有眼睛，看起来有些骇人。

董家强也跟了进来，站在他们身后道："这间画室本是爷爷奶奶的卧室，他们去世后一直空着，直到董家文开始学画，才改为画室。"

夏若生突然转身，问："我们今晚能留下来吗？"

"我们？"董家强问。

"我和王探长。"

"当然可以，如果你们愿意⋯⋯只是夜间寒冷，这里也未必剩下蜡烛⋯⋯可你能告诉我，为什么要留在这里过夜吗？"董家强问。

"因为明天天亮以前，凶手就会出现。"

"凶手会出现?!"

"为此，董先生，我需要你做几件事。"

"请说。"

"你回到市区后，给《民生报》记者王赟打个匿名电话，就说董正源案件已破，董家大儿子为了夺取遗产，买凶弑父。现在，他，也就是你自己，在董家祖宅中挟持了法医夏若生为人质，和警方对峙。若明晨七时还是这僵持局面的话，警方会强攻进去，无论生死——"

"什么?! 你说我是凶手，我劫持了你?! "董家强一脸愤怒，"我不可能让报纸这么写，这种话岂能当儿戏？"

"这可是《民生报》。"夏若生满不在乎地说，"你不这么说，他们会写得更离谱。那记者接到电话，不会也根本没有时间去核实，这条新闻会在下午五点见报，凶手一定会读到。等案子破了，警方澄清事实，你也可以要求报社更正致歉。如果他们不致歉，我这个所谓被挟持人会发文解释原委。你的声誉由我负责。"

"既然《民生报》的可信度这么低，为什么要选它？"

"自从阴阳街发现董正源尸体起，只有《民生报》一家跟踪报道，几乎三天两头就有新消息。这世界上最关心案件报道的人自然是凶手本人了，她既然没有其他渠道知道警方的办案进程，这虚虚实实、真真假假的《民生报》她是一定会看的。再说，案子破了这么大的新闻，就算她自己没有读到，也一定会从其他渠道听说。"

"可凭什么凶手看了新闻，就会想来这里？"

"因为……"夏若生把想说的话又咽了下去，"只有她来了，我才能亲自问她原因。"

她低头看了看表，催促道："董先生，你再不出发，就赶不上报纸印刷了。"

董家强背着手在房间内焦躁地踱步，犹豫不决。

过了一分钟，他终于下定了决心，抓起帽子，道："好吧，那就这样吧。"

说完，他便带了司机匆匆离去。

董家强走后，王克飞拉开一把椅子，坐下。"说吧，你认为的凶手是谁？"

"不是我们之前怀疑的任何人。"

"也就是一个我可能不认识的陌生人。"

"是的，一个陌生人。"

"他不来怎么办？"

"那我们也没有什么损失。"

"如果来的不是凶手，抓错人了呢？"

"只要她出现，就不会错。我现在有一幅拼图，左右两边我都拼好了，可却没办法把它们对接起来。中间少的那一块正是我不能确认的动机。只要她出现，这动机便暴露无遗，这幅拼图便一定是完整和正确的。"

50 湿地

夏若生一边在画室墙壁上东敲西捶，一边道："王科长，帮我找找有没有暗门。"

王克飞查看房间一圈，来到壁橱前。打开壁橱的木门，里面空无一物，却有一块厚重的花岗岩石碑蹊跷地倚在橱壁上。他费力挪走了石碑，轻轻敲了敲橱壁，声音空洞而深远。他使劲一推，只听到吱吱嘎嘎的铰链的声响，一面木板伪装的假墙壁竟向后退去，露出一个一平方米见方的黑洞。

他把头探进去，听到了自己在黑暗中的回声："你怎么知道会有地道？"

"因为我是无神论者。"夏若生答。

夏若生从厨房找到几根歪歪扭扭的白蜡烛。王克飞用随身带的火柴点着了，举起蜡烛照了照地道，洞壁的石头已被打磨光滑。内部空间渐渐开阔，但仍必须猫着腰才能前进。

他们顺着向下倾斜的地道走了约十分钟后，地势逐渐平缓。

夏若生的呼吸越发沉重。王克飞转过身问："怎么了？"

"有些透不过气。"

"你要不要回去？"他手中的火光把两人的脸颊映红了。

"不。"她说。

四周是无穷无尽的黑暗，仿佛全世界只剩下他们俩，要永远以这样一种尴尬和委曲的姿势面对面，无处可躲。

夏若生留恋这一刻，哪怕永远猫着腰，永远透不过气，可王克飞却已转过身去，继续前进了。

二十多分钟后，一面石壁挡在前方，他们已来到地道尽头。

王克飞检查四周，发现头顶是一块一平方米见方的木板。他让夏若生握着蜡烛，自己双手向上托起，只听砰的一声响，一束白晃晃的日光射了进来。

他们相继爬了上去，发现自己正站在一大片灌木丛中，四周是一片旷野，远处是炊烟袅袅的村庄。

回头看，地道出口上盖着一块潮湿的方形木头，长着细小的菌类，又被茂密的藤蔓掩盖，不留心寻找根本无法发现。

"这是什么地方？"夏若生问。

王克飞指指她的身后：董家祖宅已在遥远的湖对岸了。那一大片白墙黑瓦的平房就像贴着大地的乌云，将和夜色会合。

"也许我们错过了什么。"王克飞望着湖水中央的小木屋。

果然，他们回到神秘地道，往回走到将近一半时，找到了另一个之前被错过的出口。王克飞举起蜡烛，照亮了头顶石壁间镶嵌的一块木板。

爬上出口，两人发现自己已身处湖中央的小木屋。

小木屋陈设简单，只有一张小床、一把椅子和一张桌子，僵硬的被褥卷在床尾，看起来已太久没人居住，角落里还有一具老鼠的尸骸。

窗外，四周水波荡漾，落日把湖水染红了。

到了又长又冷的冬夜，这木屋必定四处漏风，如同冰窟，而那个人也必定不敢点燃蜡烛，唯有与月光相伴。

王克飞用鞋尖指了指地板，四个椅脚竟在地板上磕出了四个凹痕。他一定在这里久坐，长时间凝望着湖岸上的董家大宅。"也不知他在这里住了多少个日夜，又是如何坚持下来的……"

"这世界上最让人持之以恒，也最难让人坚持的，是同一样东西。"夏若生眨了眨眼睛，"爱情。"

她转过身去，小声对着湖水念了一首诗。

月已没，

七星已落，

已是子夜时分，

时光逝又逝，

我仍独卧。

他没有听清。"什么？"

"没什么。"她倚在窗子上，"你问我为什么要来这里。因为，老大和老二的分歧就是从这里，从他们玩掷沙包游戏的那个下午开始的。这栋小木屋年代久远，它仿佛能使人看见截然不同的两张面孔，一张阴森恐怖，一张温情脉脉，谁能说清楚到底哪个是现实，哪个是幻想？"

王克飞其实在发现地道的那一刻也已经明白了。"那个年代为了逃避仇家或官兵，大户人家的房子都有地道，通过主卧与外界相连。逃跑者可以从主卧到达木屋，换船逃跑，或者直接到达湖的对岸。而董家文的画室又是由最初的主卧改成的……也就是说，如果真有一个人想害董家的话，他完全可以来无影，去无踪，因为有这条暗道。而董家文发现有眼睛偷窥他，也可能是真的。"

两人相视一笑。

这眼眸中的丝丝暖意竟令王克飞心头一动，这正是他一直无法从萧梦那里得到的。只有既有过身体的亲密又共享了心事的男女才能如此默契，一个眼神就把所有的意思讲尽。

夏若生看了看表。"五点了，《民生报》已经开卖了。凶手读到报纸后，依然有充裕的时间赶上到杭州来的末班火车。她大约会在凌晨到达这里。为了避开'警方的埋伏'，她一定会走地道进入董宅。"

他背过身去。"天快黑了，我们回去吧。"

他们原路返回，又回到了画室。

"凶手钻出地道后，首先会进入画室，我们不能打草惊蛇，免得他转身逃跑。但若由他自由地进了这黑咕隆咚的房子，和我们玩起了躲猫猫的游戏，恐怕吃亏的是我们，因为他对这里的格局理应比我们熟悉许多。"王克飞思忖着。

夏若生提议："画室旁的那一间是董家强过去的卧室，我们不如在那里点亮蜡烛。凶手看到火光，一定以为董家强和人质都在那一间，会被引向那里。而我们则躲在这屏风后观察。这样她在明，我们在暗。一旦她进入那间房间，我们立刻围堵她。"

他们躲到了厅堂的屏风后，从这竹篾的缝隙中能清晰望见对面卧房内跳跃的烛光和画室黑漆漆的门洞。两人坐在那一小块黑暗的墙角，默然无语。

夏若生感觉他就像一座石膏像，听不到一丝衣服和呼吸的声响。

"我想问你，"夏若生的手指在自己的膝盖上打转，"那天晚上你是不是把我当成了另一个人？"

"哪个晚上？"他也许是明知故问。

"我们在 1294 的晚上。"

"我已经不记得了。"他的语气漠不关心。

她朝他看看，他的侧脸模糊一片。他从不遮掩自己的冷漠，就好像她是个稻草人，全身中了万发的箭，依然顽强地站立着。她可以安慰自己，这是因为他的懦弱、紧张和不知所措，但她依然会因他拒人千里之外而心情黯淡。她不是稻草人。

又过了一阵，天已完全黑了。夏若生朝冰凉的手上哈着热气。这寒冷是无孔不入的，仿佛肌肤和贴身衣物之间都结了霜。

"你休息吧，我会守着。"他悄声道。

"你的枪还在吗？"

王克飞摸了摸身侧。"在。"

她侧身躺下，把头倚在一个靠枕上。她其实并无睡意，一方面也是因为冷。反正他也看不见，或许他以为她闭上了眼睛。

过了一会儿，她突然感觉他把一条厚重的毛毯盖在了她的身上。不，哪儿来的毛毯？这是他的外套。她在黑暗中露出一个甜蜜的微笑，却依然假装熟睡。

王克飞靠在那里，时间一分一秒地过去。当他的眼睛适应黑暗后，他才发现自己并不是那么安全地藏身于黑暗之中，周围的月光雪亮，而对屋房间里的蜡烛简直光芒万丈。

此时，应该已过了子夜。他也开始怀疑自己是不是在做一件比住进李欣同家中更愚蠢的事情。凶手真的会读到报纸吗？他读了报纸，真的会出现？

他突然很想抽烟。不知道怎么起了这个念头，一旦出现就再也甩不开了。他在这方面一向是纵容自己的，而在这无穷无尽的黑夜中，他更是不知道怎么说服自己放弃这个念头。

他看看身边熟睡的夏若生，决定去窗边抽一支烟。

他悄然起身，走到窗边。在这里，凶手看不见他，他也看不见凶手。反正只有一支烟的时间。从这里可以望见湖水反射着月光，整栋房子都沉浸在幽蓝的色调中。

可等他抽完一支烟回来，却猛然发现夏若生不见了。

他的心头一惊，环顾这房子，哪儿也不见人影。他立刻把手伸向自己的腰间去摸手枪，才想起此前拔出枪，放在了大衣口袋里。他的大衣滑落在地，枪却不在了。

他急急地在屋子里走动，却又不敢呼喊。

他再朝那间卧室望去，才发现蜡烛已经灭了。整栋祖屋失去了最后一点光亮，仿佛地狱之门已经关上，谁也别想逃出去。

是蜡烛燃尽了吗？

他赶紧拿起另一支蜡烛，走进了卧室。当他点燃烛芯，抬起身子的那一刻，对面墙上的巨大黑影顿时令他血液凝固，手脚冰凉。

这墙上清清楚楚映着一个巨大的人影，手上握着枪。

不用说，这人正站在他的身后，枪口是朝着他的。

51 爱情

"我就是凶手。"

夏若生看到王克飞受惊吓的模样，失声笑起来，墙上的影子不停颤抖。

王克飞恼怒地一把夺过她手中的枪，压低声音说："别闹了。"

正在此时，隔壁画室传来一声动静。两人对视一眼。就在下一秒，王克飞已经勒住夏若生的脖子，拖着她后退。他用枪指着房门，在那里，一个身影如同一团黑雾滚滚而来，像一条鲨鱼正追踪着血腥味。

凶手手上也有一把枪。这下，倒是他俩被困在了这里。

是啊，他们怎么会没有想到呢？和刘志刚一起失踪的，还有他的枪。

"家强。"她动情地唤了一声，又看看被这可怜的烛光照亮的家居，"我是你母亲。"

王克飞抓着夏若生的肩膀，站在阴影里，没有答话。

他们为凶手的容貌震惊，却又激动。迷失的这一片终于完整地镶嵌在拼图上，苦苦地搜寻终于有了答案。

"家强，杀了这个女人。我知道有地道可以逃出去，跟我走吧。没有人会找到你。"

"我母亲早已经死了。"他开口道。尽管语气平淡，但他知道，紧贴着他胸口的夏若生一定感觉到了他急促的心跳。

"那个女人不是你母亲！你还不明白吗？我才是！"怒吼过后，她的声音又柔和起来，"我知道你一直被蒙骗，没有人告诉你到底发生了什么。我今后会把一切告诉你。跟我走吧。"

她上前一步，伸出手，王克飞挟着夏若生后退一步。"你怎么会是我母亲？"

"听我说……那年我只有十七岁，而你的父亲也不过二十岁，在圣约翰大学念书。我的养父，也就是你的外公，本是一名牧师，恰巧又成了他的医学老师。我们在学校的舞会上相识，相爱了。他毕业那年我怀了孕，他说回一趟老家就来娶我。可他这一去却杳无音信。等我们再见时，我的肚子已经用衣服藏不住了。"

"可你为什么要抛弃我们？"

"你提醒了我最黑暗、最痛心的岁月！我又怎么会抛弃自己的孩子呢?！你父亲回到了上海，说双方父母逼他和那个女人成婚，他母亲更是以死相胁，不让他回上海。他说他不爱她，也反抗了，可最终没有能力选择自己的生活。他只是对着我哭，说对不起我……我完全没了主意，不知道该怎么弄掉肚子里的孩子，也不知道未来怎么办……

"几天后父亲发现了我有身孕，你可想而知他有多么生气。他剪掉了我的头发，把我送进了圣衣院。那是一个多么恐怖的地方，你永远也想象不到。可他说，我是他从天主教育婴堂里收养的孤儿。现在，他后悔了，如果他把我留在那里，我便不会被魔鬼引诱，犯下这些罪行。所以，他要把我送回去，只有那里才能洗清我的罪孽。

"我在圣衣院待了四个月，生下了你。可我只把你抱在怀中几分钟，你就被人抢走了！他们告诉我，你患病夭折了，因为我，因为我所受的诅咒。你是我唯一的希望，当我以为你死了，你知道我有多绝望？

"我试图自杀，院长把我关进了塔楼，她怕我的肮脏玷污了那些守贞姑娘。那里没有一点光，因为她说黑暗能让我和神离得更近。她们用链条锁着我的四肢，不让我够到一尺以外的任何东西，我也无法掐住自己的脖子。

"每天下午我会被带进一个房间，看她们跪坐在地，用柳枝狠狠抽打自己，一边念着祷告文，求基督宽恕我和天下的罪人。我只是哭，她们要我承认我的罪，我便承认了，我知道自己有多么脏……我宁可这柳枝是抽在我的身上，把我打得皮开肉绽，可她们只是让我睁大眼睛看着，一遍又一遍地告诉我，她们是在替我受惩罚，我作的孽都成了鞭子落在了她们的身上，而我这样的罪人，连被鞭打的资格都没有……

"就这样过了好几个月。当有一天在塔楼中忏悔时，我突然意识到神再也不会接纳我了。只有撒旦愿意在黑暗中听我说话，只有撒旦是我的亲人。如果不是撒旦，我真不知道如何挨过这漫长孤独的三年。

"三年后，父亲要回美国，他听说我已经被治愈了，便想带我一同回去。我一离开修道院，就被送上了回美国的渡轮。到美国不久，他开始生病，我们不断搬家、换城市，直到四年后他死在了新泽西州。直到临死前，他才告诉我真相：孩子没有死，是他找到了正源，让他把孩子带回杭州抚养。

"父亲一去世，我便觉得黑夜结束了，天又亮了起来。我立刻动身回中国。我从圣约翰大学的办公室打听到地址后给我的爱人写信。他终于答应让我见一见你。分别八年，他已经是一家银行的经理，待人处事成熟了，像一个真正的男人。

"是他带我走了这一条地道，这条全家只有他一人知道的地道。我可以透过画室的锁眼偷偷地看你。可惜我和你近在咫尺，却无法相认。我更没想到的是，他和那个他曾经口口声声说不爱的女人又生了一个儿子！

"我时常去看你们，没有他的陪伴，我一样可以举着蜡烛走过长长的地道，从锁眼中看你和用人玩耍，一点一点长高……可那一天，董家文却指着木屋大喊大叫，说他看见了魔鬼。你父亲在小木屋里找到我。他说，一切到此为止，我不能继续留在这里。我问他还爱我吗？他说这一辈子，他从没有对其他人有过爱的感觉，以后也不会有了，但他有大家庭，有长辈、孩子，以及他亏欠了他的妻子很多，这是他的宿命。

"听到他提起那个女人，我发怒了。如果没有她，这幸福的生活是我的！是我们三个人的！可你知道他怎么了？他居然对着我下跪了。他像个懦弱自私的浑蛋，居然抱着我的腿求我，求我别伤害他的家人，永远离开，去过自己的生活。他说，他知道欠我许多许多，他希望有来世，他可以做任何事补偿我。

"这是我第二次看见他哭，第一次是当他告诉我他不能娶我的时候。每一次，我都妥协了。因为我爱他，爱得那么深，胜过爱我自己。我只好无奈地答应他离开。可在回上海的半路上，我突然改变了主意。我怎么忍心和你们分别呢？你们就是我的全部了。离开你们，我还怎么活下去？我有什么自己的生活？我回到小木屋中长住了下来。

"从那一天起，我就成了一个孤魂，游荡在四周的村庄中，漆黑的地道里和冰冷的湖面上，不让任何人知道我的存在。我只有依偎着你们的热量才能生存。我看着你们一家人其乐融融，看着她又给他生了一个女儿……我多么希望我站在那个家庭中间，我是那个女人！

"有一天，我看到他们把哭闹的董家文送上了车。当我再推动地道的出口时，却发现它被堵住了！我靠在门后敲打、哭泣，没有人听到我的声音。我想，你父亲一定怀疑这其中发生了什么……"

"是你让家文发的疯？"王克飞问。

"那个自以为是的傻瓜，从小只会哭闹耍赖，那张脸看了就叫人讨厌！我只是在他的食物里加一点羊踯躅和毒蕈，便能让他胡言乱语了。我知道你这些年受了很多委屈，那个女人偏袒自己的亲骨肉，这些我都看在眼里。我给她的茶壶里加了棉花籽，每天放一丁点，她总有一天会患病死去。还有那个小贱人，搬家还不忘带着她的枕头，里面有一枚麝香，她当然怀不上孩子……

"我时常幻想，我只要用一小勺砒霜，就可以在一个小时内消灭所有的敌人，包括那些叽叽喳喳的用人，我的苦难也就结束了。可我不能这么做。因为我知道，他不会原谅我，如果他发现了，他就再也不会爱我。他的爱对于我，依然是世界上最重要的东西。

"地道门被堵死了，我再也无法靠近你们父子俩，只好回上海。你知道吗？当我第一次在橱窗看到自己的影子时被吓坏了，我发现自己真的如野鬼一般可怖。广场上的大钟日历提醒我，我竟在木屋里整整住了十年!! 我的关节，我的背，我的健康和自尊，一切都是在这十年中被毁掉的! 而他呢，他有家，有一切……却还要把你从我这里夺走，这不公平! "

"所以你杀了他。"

"我为什么要杀他？我怎么会杀他呢？当我发现他死了，死在我的床上，你知道我有多害怕？"她握着枪，掩面哭起来，"他本不应该死。那个男孩没有死，我以为我成功了，可他为什么会死？我怎么也想不明白，这或许真的是老天对我的惩罚，让我亲手杀了他。"

"你为什么给他下毒药？你终究是怕他不爱你了。"

"我珍惜我们的重逢。我希望他喝了药后，能看到我过去的容貌，即便只有短暂的一刻……这又有什么错？他能记得在一年后的同一天去仙乐斯找兰兰，就足以证明他还爱着我! "

"也是兰兰给你找的那些男人？"

她用手掌抹去止不住的泪水，举着枪的右手不停颤抖。"那些男人肮脏恶心，只知满足肉欲。为了我们一家人的幸福，死几只老鼠算什么？

"我用心良苦，就是为了你在董家能过得幸福。我以为有生之年，我们三人可以团聚，没想到，现在却只有我们母子相依为命……"

她靠近一步。"家强，我们有三十年没见了……天很快就亮了，到时候再走就晚了。"

王克飞已经无路可退，紧贴着墙角。

她若再上前几步，就能看清楚王克飞的样子，难保不会识出什么破绽。他的枪口还抵着夏若生的太阳穴，他的肘弯能感觉到她颈部渗出的冷汗。

"把她杀了，我带你离开这里。"她再次靠近他。

"凶手是你，我为什么要逃？"

"既然你不愿意动手，就让我来。"她举起了枪，黑洞洞的枪口瞄准夏若生。

砰！

一声枪响在夜空中回荡，她摔倒在地，轻得如同一缕尘土，随后便是死寂。

王克飞松开了胳膊，从阴影中走了出来。他回头看了看站在原地面色惨白的夏若生。

他靠近迪瑟。

她的嘴角冒出汩汩的鲜血和含糊不清的呻吟声："是我亲手杀

了他……"

终于，她停止了痉挛。她的容颜凝固成了一尊石灰色的雕像，只有枯槁的白发在夜风中微微颤动。她的双目圆睁，看着窗外，眼珠中映着的那轮弯月，竟透出一丝翠绿。

52 你

你在这里游荡过十年，像一只没有名姓的老鼠，穿梭于潮湿的地道，夜深人静的老宅和陌生的村庄。而今，你死在了这里。

尽管你从来没有从大门名正言顺地走进来过，你却一直把这里当作自己的家，因为你的亲人在这里。

当董家文被绑去精神病医院的那一天，他似乎猛然明白了什么，却又不敢相信。他的心脏在颤抖，他奔回家，亲手堵上了地道之门，于是，你又成了被遗弃的孤儿。你确实曾经回过这里，可你那狠心的爱人索性搬了家，废弃了湖边的祖屋。自那以后，你们一别又是二十多年。

你去了广西、贵州、云南，你在崎岖的山路上颠簸，你在炮火的轰鸣中踟蹰……别人以为你是一个家破人亡的老妇人，心已死去了多年，只有这躯壳在挨过人间最后的时光。

只有你自己知道，你的心留在了江南，留在了这一对父子的身上。

回到上海后，你用父亲留下的所剩无几的遗产整修了你们曾经住过的忍冬园。你也不忘打听董家人的近况：你听说他的事业越做越大，家强却去了重庆，你也听说他的妻子已死去多年……虽然你并不确信这是你的功劳，但也许上天都想帮你一把。

朱韵丽下葬后，你便认了小茵为义女。你为她取了新名字——兰兰。年近十八岁的兰兰虽然骨架偏大，胸部平平，但远看倒也亭亭玉立。她穿上了朱韵丽留下来的旧旗袍，执意要去仙乐斯碰碰运气。正如同所有不知天高地厚的年轻女孩，她从来不信自己的命运会像朱韵丽那么荒诞和可怕。

而你，拿着带了朱韵丽血指印的遗书来到1294，驱逐了她的家人。

你像装饰自己的新房一般，在每个深夜，糊上墙纸，挂起纱帘，在迷离的灯光下做着美梦，仿佛在筹划一个四十年前没有兑现的婚礼。

你一直在寻找合适的机会。当你从报上读到他会出席董家文在上海的画展时，你便认为这是上天的恩赐。你出现在画展上，远远地看着他和客人们寒暄。即便你以前从没见过他的白发和皱纹，他依然是你朝思暮想的模样。

可是，当你从他眼前经过时，他的视线却从你身上掠过，挪向了下一个客人。他竟没有认出你来！

你走到洗手间的镜子前，才意识到自己究竟成了什么模样。跨越半个世纪，当你们终于可以在一起时，你却不再是你……你的脸像一头老驴，背驼了，头发一把一把脱落。你怎么才能面对依旧风度翩翩的他？你躲在洗手间里，眼泪止不住地流，哀叹时间的无情。

最后，你擦干了眼泪，在洗手池上写下字条。你让一位用人交给他。当你看到他读到字条后，惊讶地用目光搜寻你的身影，你转身匆匆逃离。

你为自己争取了一年的时间来计划你们的重逢。当你发现世界上没有一种药可以让你重返青春，你唯一能想到的办法是蒙上他的眼睛，让他只能看见记忆中的你。是的，你一直在寻找书中的药水——"只要喝下它，你就会看见由内心主导的景象，仿佛海市蜃楼，可以任由你创作"。

只不过，那让人拥有爱情幻境，你以为万无一失的药水，却让他在你的床上痛苦地抽搐，瞳孔慢慢地扩大。你已经唤不回他正在远离的意识……他临死前瞪着你，眼中的那一丝残存的留恋，或许能证明，他确实看见了年轻时的你。

你的一生还能有更多的错误吗？

现在你又回到了这里，即将死在这里。当意识如同微弱的火苗在你的躯壳内慢慢熄灭时，你祈祷并没有天堂或地狱，因为你不想以这样的面目与他相见。你更喜欢他说的来世这个想法。

如果有来世，你们的人生一定不会像这次那么糟。

这是你最后的念头。

53 历史

"她死了？"

"我没有办法不开枪。"

"我知道。"夏若生虚弱地说了一句。

她蹲下身，检查了迪瑟的脉搏，叹了口气："美国牧师殷弘恩，也是一名医术高超的医生，在常德传教时曾经为患者诊断出日本血吸虫病，救人无数。他和妻子在常德天主教会的育婴堂领养了一名四岁的孤女，取名殷迪瑟。在迪瑟十岁时，妻子去世，牧师带养女迁到上海，成了圣约翰大学医学院的教师。殷迪瑟在十九岁时曾在圣衣会修道院住了三年，出院后立刻被殷弘恩带回美国。殷牧师在四年后去世，死于血癌，和董正源太太的死因一样。"

王克飞定定地看着她。"你的意思是……"

"是的，他可能是最早死于迪瑟毒药的人。"

王克飞轻轻舒了一口气："你从什么时候开始调查她的？"

"来杭州的前一天，我第二次拜访了圣衣院。院长一开始拒绝回答我的任何问题，直到我问她，照片上那个下巴带痣的少女是否叫殷迪瑟时，她很吃惊，问我怎么会知道。她一直以为殷迪瑟三十多年前就随父亲去了美国，再也没有回来。是她告诉了我这对父女的过去。我告诉她，她们以为这是一个迷途羔羊受上帝感化的神迹，事实上她可能反倒成了魔鬼的仆人。院长并不认可我的说法，叫人把我撵了出来。"

"为什么会怀疑她？"王克飞擦去枪口的火药粉，把手枪插回腰侧。他突然觉得如释重负，又仿佛大病初愈般浑身乏力。

"我从她那里买过一盆昙花，几天后我发现，她包裹花盆的报纸是刊登了董正源死讯的《民生报》。一位两耳不闻窗外事的老妇人，却会记得去买这种小报？我便想，若凶手是一位容颜骇人的老妇人，倒真的需要用这样一种毒药来掩藏自己的真实面目。但在当时，这样的想法连我自己都觉得可笑。

"之前我怀疑箬笠的理由是：多名死者和箬笠有过接触。可再一想，一个如此谨慎的凶手又怎么会留下这么明显的线索？倘若这千丝万缕的联系并不仅仅是巧合，会不会凶手正是在箬笠身边寻找猎物？可我一味考虑凶手的动机，却疏忽了凶手和死者之间可能有一个第三人。这第三人挑选死者的规律和凶手的动机完全是两回事。

"当兰兰说起信丢了，我便问她：马先生的信在不在里面？她说，她没有拆开来看，怎么会知道这是谁的信？可事实上，童海波把名字签在了信封封口上。当然，她或许真的没有注意到。可当我再问她以前有没有丢过信时，她竟面红耳赤地提高了声调。她是个好演员，可惜年纪太轻。这为丢信而吵架的借口，恐怕都是她的临场发挥。

"没有人比兰兰更合适做这第三人，她可以自由拦截箬笠的信件，代替箬笠回信，把他们约到阴阳街去。箬笠没有机会读到朱世保写给她的道歉信，甚至可能从没有听说过张新的存在。而那些男人却受宠若惊地去赴死。

"读到童海波的信后，兰兰应该和从前一样去找过迪瑟，迪瑟却不愿意再动手。兰兰只能依靠她自己，这才上演了一出和前几起案件截然不同的刺杀。"

两人默默无语，对着尸体坐下。

天色破晓。王克飞抬头，看见两根红色屋梁上架着一个摇摇欲坠的鸟巢。

这时，窗外传来汽车马达声。

董家文首先跳下了车，连蹦带跑地闯了进来。他一眼看见了地上的尸体，立刻像个孩子一样躲到了夏若生身后，惊恐地念叨着："这下你们闯祸了！魔鬼是杀不死的！她还会再回来的！"

跟在他身后的董家强，目瞪口呆地看着这一幕。

"她是凶手，"夏若生走向他，"也是你的亲生母亲。"

董家强难以置信地望着她。

夏若生挽起他的胳膊，带他去院子里走一走。

迪瑟精心计划了二十多年后的重逢，却亲手杀死了她的爱人。她一心期待和儿子团聚，却只是落入了夏若生的圈套。当她真正想见的儿子赶来时，她的眼珠已经冷却成了两颗灰淡的小石子。

现在夏若生唯一能做的，是把她所知道的故事原原本本地告诉这个最应该知情的人。

董家强听完后不发一言，只是抬起头看看这雾气迷蒙的湖面，深深地呼吸了一口凛冽的空气。当然，夏若生并不指望他感动。一个经过第三人转述的故事实在太过冷静和平淡了。她真希望迪瑟临死前的那番回忆和表白并不是被她和王克飞这两个陌生人听了去，而是能留到这一刻。

"我希望你能原谅……我们本来并不准备开枪——"

董家强挥挥手，打断了她的话。"这里很美吧？"他毫不相干地说。

"如果是我，我也会用百分之五的股权换这座房子。"夏若生看着开阔的大自然。

"不知道为什么，我竟然不伤心……但我很同情她。"

"你会领回尸体下葬吗？"

"不，她伤害了我的家人，以及……很多人。"他的声音有些哽咽，"她很自私。"

夏若生再看他，他的鼻梁高挺，嘴唇很薄，仿似真的有迪瑟的血脉。

"董淑珍现在怎么样了？"夏若生问。

"孩子没能保住……她的子宫昨夜被切除了，她以后再也无法生育。"

夏若生和王克飞来到医院病房时，董淑珍醒着，正看着窗外的阴天出神。

即便李欣同提醒"王探长和夏医生来看看你"，她也没有什么反应。她仿佛一夜之间老了几岁，眼窝深陷，嘴唇枯萎。

李欣同坐在床边，握着董淑珍的小手，委婉地把昨晚发生的事告诉了她：迪瑟如何使家文疯癫，如何使她常年不孕，如何给她的母亲下慢性毒药，又如何亲手杀死了她的父亲。最后，她是如何死在王克飞的枪下……这不是什么好消息，但或许，恶有恶报，善有善报，也算是个好消息。

董淑珍听了这么多的情节，却并不显得惊讶。她只是挪了挪脑后的枕头，依然望着灰茫茫的天空。

王克飞起身告辞，却听到董淑珍淡淡地念了一句："背叛家人的人，也是在背叛他自己……"

"她最后说的那句话是什么意思？"走出了医院，夏若生问。

"我也不懂。"

老大和老二正站在医院外说话，老二打算进去看望淑珍，向她忏悔，老大拍拍他的肩膀给他打气。

兄弟之间隔了半辈子的冰山此刻倒开始融解。或许，两人发现各自体内流着不一样的血液时，反倒能理解对方了。也或许，在董家强也失去了一个母亲后，董家文终于没有什么可以愤愤不平的了。

在回杭州的车上，王克飞和夏若生坐在后座上，一路颠簸，默默无语。

"你知道我真正开始怀疑兰兰是什么时候吗？"夏若生突然开了口。

"是我有天躺在床上，回忆起了兰兰替箬笠买昙花的那一刻。

"她跪在松软的泥土上，用细嫩的双手把花朵挖掘出来放置在花盆中。当我问她为什么要买这昙花时，她的声音突然变得柔软而幽秘，这是一个女孩在提到自己的秘密心事时才会用的一种声调，是一个女人想起心仪之人时才会流露的表情。而她在那一刻提起另一个女人，却直呼箬笠，偏偏省略了箬笠姐的'姐'字。

"她爱上了箬笠。"

王克飞听后并未作答，过了半晌后突然说："那晚，我并没有把你当作其他人。"

夏若生转过头看看他。

"我心底其实清楚你是谁。"他又补充道。

她咬着嘴唇笑了一下。"这一夜可真长啊。"

他也笑了一下，两人便又各自望着窗外。

54 告别

兰兰被带走的时候，只是淡淡地看了一眼沙发上的箬笠，算是做了告别。箬笠倒不如兰兰平静，夹烟的手有些颤抖，抬起头迎向兰兰的目光，这眉间似有埋怨也有不舍。

箬笠回忆了那晚的争执。兰兰走进仙乐斯的房间，突然像变了一个人，烦躁地整理着箬笠衣架上的衣服。箬笠发现她在流泪，便问她怎么了。兰兰却只是一味地说她受够了，接着又对箬笠冷嘲热讽，说她无法像箬笠一般向每个男人卖弄风情。

箬笠也生了气，以为兰兰遇到了哪个舞客的骚扰，莫名地迁怒于她。两人争执了几句，箬笠便索性任由兰兰一个人哭泣。她怎么会想到，兰兰的苦恼是因为偷偷读了马先生的信呢？

后来两人坐车回家，一路也无话可说。箬笠回家后虽然服了药，却依然翻来覆去睡不着觉。当听到兰兰开门回家，她便披上外套查看，只见兰兰穿一身黑衣黑裤，面色惨白地爬上楼梯。

她问兰兰到底发生了什么，兰兰说她本可以替箬笠除掉那位"像苍蝇一样的马先生"，却失了手。突然间，她紧紧抱住箬笠哭泣起来：为什么箬笠总要让她去收拾残局？为什么她不能忠于自己的爱人？……

箬笠愣在原地，呆呆地看着兰兰拖着疲惫的步伐走向房间。

那一刻她当然明白发生了什么。两人寂寞时曾相拥而眠，同池而浴，女孩间的亲昵，带着若即若离的欲望，却并没有让她去深究背后沉重的感情。你把另一人当作什么，有时候是连你自己也无法说了算的。她知道，她从此失去了一个不会争风吃醋的姐妹，一个随叫随到的玩伴，或者，一个真正忠诚的爱人。

一年多的美好时光结束了，她又变得孤独，而这一切全因该死的爱情。

这不过又是一个阴差阳错的故事。

他们在审讯兰兰时，以为她会说自己是被迫的，只因无法违背"养母"迪瑟的意愿。可兰兰却平静地说，把那些死者带给迪瑟，是她自己的主意。

她从主人家逃出来后，被一位重病的舞女收留，也正是在那里遇见了迪瑟。

她第一次见到迪瑟，就觉得她与其他人不同，她仿佛没有灵魂，只剩一副躯壳。她不懂悲伤和怜悯，说她自私也好，邪恶也罢，她活着的全部意义似乎就是为了实现她的计划，尽管兰兰并不清楚这计划是什么。她并不爱迪瑟，认她做养母，只是为了在无家可归时有一个屋檐。

而箬笠……说起箬笠，她又甜甜地笑了，箬笠是这世界上唯一真正对她好的人。

迪瑟让她找一些小白鼠，她便想到了纠缠箬笠的男人们。她给他们写信，把他们约到了1294。至于董正源，迪瑟早已叮嘱她，那一天他会出现在仙乐斯，她只需要把地址和时间告诉他即可。

她总是提前在1294的客厅等候。看到是箬笠的跟班，男人便更加确信自己的好运，以及将要拥有的艳福。她给他们喝下红酒，片刻后又把他们引入迪瑟的卧室。至于他们临死前究竟看到了什么，听到了什么，再也没有人知道。

夏若生记得王克飞的话。他说，那一夜，他知道她是谁，并没有把她当作别人。

或许是用量不够，所以对他并没有起作用。也或许，他认为这是他欠她的答案。

"那么，箬笠是真的爱上我了？"童海波问。他身着浅棕色羊绒大衣站在码头，脚边是两只大皮箱。

"如果是，你是不是就不走了？"夏若生问。

"对，我赶紧把船票退了啊。"他笑。

"原来你们男人也可以是祸水。"夏若生道。

"错了，最大的祸水是你们这些警察、法医。本来是个好结局，却被你们在追求所谓真相时破坏了。你没想过，有时候你们失败了，也是成全另一些人的人生？"

"不，她的人生是被她自己一手破坏的。"夏若生不以为然，"如果她没有失手杀了她的爱人，也许真的是一个美好的结局，当然，也只是对两位主人公而言。至于每个故事的配角们，剧本总是更残忍。"夏若生想到了董淑珍，她最后枯萎的模样，叫谁看了都会心疼。

"这会儿，我倒想起了漏掉的一个细节：芫菁这种小虫子是栖息在忍冬上的，而暖房外的那几株忍冬自有其寒夜挺立的道理。如果早些发现这一点，这破案的功劳大概不会被你抢了去。"

这时，不远处传来尖叫声，有人开始燃放鞭炮。

"又要过年了。"童海波看着欢呼雀跃的人群。

"下次何时再见？"

"来了趟上海，仿佛专程是为了给你破案。这一来一回路上就要一个多月，人生有几个月呢？再见时，你会不会和迪瑟一样老了？"

夏若生抿着嘴，没有说话，心底却有点酸楚，也说不上为什么。

这时，检票口开了闸门，人们争先恐后地向渡轮拥去。

"好啦，你也该走了。"夏若生说。

童海波提起两只箱子。"我要感谢你让我的脖子受了伤，这下两旁的美人风景都看不了，只能专心看我的研究报告。"

夏若生上前一步，轻轻拥抱了他，在他耳边道："真的再见了。"

她仿佛是第一次注意到，他的个子真高。

两人松了手。"再见啦！"他挥了挥手，提起行李转过身。

"再等一下，"这时，夏若生却叫住了他，"我有问题要问你……"

童海波放下皮箱，无奈地叉着腰。"又是关于这个案子？你确定想把这个问题留作我们最后的道别吗？"

"为什么带着玻璃球，我给你的那个？"

这问题似乎把反应灵敏的童海波给难倒了。他思索了一会儿，才回答："我原本以为我可能不会回法国了。如果那样的话，我应该把所有重要的东西都装在这两个箱子里。"

"像是挪亚方舟？"

"对。像是挪亚方舟。"童海波笑。

这一丝暧昧的温暖竟是头一次从夏若生心头爬起。她明白，他们两人站在人群中，看上去是多么般配和幸福。可他却要走了。也许后会无期。

她摆摆手。"这次，真的再见啦！"

55 真相

夏若生在思南路上找到一处公寓，打算搬出阴阳街。她并没有多少行李要带走，倒是那盆昙花让她头疼了一会儿。她没有心思照料它，又不忍心由着这生命死去。最后她打算把昙花送给邻居。

1293 已经空无一人。据说有一日，赵申民被一群吃过腌肉的客人团团围住。在被打得头破血流，拐杖又被人夺去后，他只能在雪地里爬行……这是阴阳街上的人最后一次见到他。

于是，夏若生只好把花送给 1295 的女主人凤珠了。

凤珠看到花后受宠若惊。"哟，什么品种呀，到明年春天会开花吧？"

夏若生不耐烦："等今天晚上就会开啦。"

"什么宝贝只有晚上才开？"

"它叫宝石花。如果哪天晚上它不开花了，你家就会倒大霉了。所以要好好待它。"

"夏小姐，您别唬我了。"凤珠笑逐颜开地欣赏着瓷盆，"我保证把它当您的孩子一样养，养得比我家那小子还胖。"

"小勇呢？"夏若生问。

"他？刚才还在这里呢。一会儿又没影了。"

下午，夏若生刚关上1294的大门，便看见了往家走的郭小勇。小勇还记得上回被夏若生扑倒的经历，这次看见她像是老鼠见了猫，转身就跑，直到听到她大喊"站住"，才刹住不动。

"你跑什么？"

"没，没什么。"

两人定定地看了对方一会儿，小勇移开目光。

"你想赚钱吗？"

小勇眼睛一亮，脖子长了一截，小声而清晰地道："想。"

"提着它们。"

小勇想都没想，一双长满冻疮的手已经按在了箱把手上。夏若生转身，重新打开1294的门。"进来啊。"

小勇犹豫了一会儿，踏进门去，环顾一眼室内，站在门后不动。

"第一次进来这屋子？"

小勇点了点头，但脖子却紧紧地缩着，好像室内更冷似的。

夏若生轻声问："想赚更多的钱吗？"

小勇知道这次的钱不会赚得那么容易，便没有答应，而是等夏若生说下去。

"把所有你知道的都告诉我吧……"

小勇依然低着头。"什么知道的？"

"你还在撒谎。你进过这屋子。你一进来，眼睛首先望的就是这抽屉，因为你知道抽屉里放过他们的皮夹。"

"我没撒谎……"小勇咕哝着。

夏若生把小勇拽到了厨房，指着那一指宽的窗缝问："难道这不是你抠出来的？"

小勇不吭声了。

夏若生突然掏出一张纸币放在小勇因冻疮而红肿的手掌里。"这钱来得会比提箱子更容易。"

小勇低头盯着钱看，问："你想知道什么？"

"你不是说过'他是个好人'？好人死了，坏人被抓了，你现在可以告诉我你究竟看到了什么。"

小勇抬起头，眨巴一下眼睛，握钱的手却没有收回去。"你能保密吗？"

夏若生耸了耸肩。"至少能做到和你一样。"

"不！不能和我一样！有人给你钱，你也不能说。"小勇对夏若生的轻松很失望，像个大人一样板起脸来。"因为你说了，问题就大了，不仅仅是死人的事，还有活人的事。你说了，警察会来抓我，还会抓她！"他越说越激动。

警察会抓她？

听到这番话，夏若生感觉喉咙有些紧，这是每一次接近谜底时的兴奋。"我不说。我发誓。"

小勇的眼珠翻了一下，勉强接受了夏若生的表态。

他终于和盘托出："我只进来过三次。那户人家搬走后，我觉得好奇，爬进来逛过一次。"

"你是怎么进来的？"

"把铁丝从这窗缝里伸进来，钩起插销。"

"继续说。"

"房子有了新主人，我又在白天进来过一次……我在抽屉里找到了皮夹。我拿走了里面一小部分钱，但你可别把我当小偷啊，我知道钱是井里那些死人的才拿的。再后来，我很想知道那个叫我带路的老先生如何了，因为井里没有尸体。所以我又爬进来一次。这是我第一次上二楼去，我看到他死在床上，那样子可怕极了！我吓坏了，逃了出去，以后再也没来过。"

"你妈那天大清早骂你，是因为发现你在枕头里藏的这些钱？"

"不全是这样，"他吞吞吐吐地道，"我枕头里的钱比我从皮夹里拿走的多得多。"

"还有的钱是哪儿来的？"

"一年前的一天晚上，我看到一辆小轿车停在宝成桥下。车灯灭了，两个人坐在车里一动不动。第二天，我在大光明电影院门口卖花，又看到了这辆车。它突然停在我身旁，一个男的抓着我的脖子，把我塞进了车里。"

"那个男的长什么样？"

"不高不矮，没啥特别的，就手背上有块很大的胎记。"

"还记得是哪一天吗？"

"去年的十一月十六号晚上。我妈说我记数字有天赋，以后肯定能发财。"

"然后呢？"

"开始我以为他们要害我，但后座上的阿姨说话很温柔，我就不怕了。她说她只是要找我帮个忙。她知道我叫郭小勇，住在 1295 号。她说，1294 里面进出什么人，见了谁，做了什么，我以后都要记下来报告给她的司机。我千万不能告诉其他人，包括警察。如果我听她的，她可以让我过上好日子，想要什么就买什么。她那天就给了我十块钱，我还是第一次把这么大的钞票拿手上。

"但自那以后，我再也没见过她，直到，直到……那次在你们警局门口遇上。后来每次来找我的都是那个司机。他下一次什么时候来，我也不知道，但他每次都能找到我。

"接下来好多个月，那屋里什么动静都没有，我觉得他们弄错了，里面并没有人住。直到半年前的一天夜晚，我躺在屋顶上，看到一个男人在敲 1294 的门，还有人替他开门了！我溜进院子里，想看看怎么回事，可窗户都被报纸糊了，什么都看不到。只有这扇窗有条缝，我用刀子又抠大了一点，能用一只眼睛往里面看。你试试看，那样就能看到厨房和客厅的一角。但如果他们坐左边那只沙发，我就看不到了。"

"你看到了什么？"

"我什么都看到了，一个姐姐在厨房里给红酒加入粉末，给卧榻上的男人喝……过了不久那个姐姐出门了，我趴在墙上等，可那个男的再也没有出现，第二天我在井里找到他……"

他咽了咽口水，不等夏若生提问又说下去："后来这样的事又发生过几次，每次都隔好长时间，我都告诉司机了。他最后一次找我是十一月十五号那晚，也就是过了整整一年。他要我做件事，还说如果做成了，那位阿姨会很高兴，会给我很大的奖励……"

说到这里，小勇支支吾吾开不了口了，仿佛有什么东西在刺他的舌头，眼圈也急得红了。

夏若生摇了摇他的肩膀。"别怕，我不是答应你保密了吗？"

"他给了我一小瓶东西……让我在白天时把它加在酒瓶里……"

"你加了？"

"嗯。"他点了点头，几乎要哭了，"第二天晚上，我看见了他，上次你叫我认照片的老先生。他要我带他去1294。他人很好，一路上还问我几岁了，在不在读书。我当时很明白，他进了那个房子，便会和其他人一样，再也走不出来了。可我没有办法提醒他，因为我答应过那个阿姨不告诉任何人……"

看到夏若生没有什么反应，小勇撇了撇嘴，道："我对你说这些事，其实是想让你告诉我，那个阿姨是不是好人？那些钱我一分都没花过，现在都被我妈没收了。这不是我的错，对吗？我如果不这么做，本来他喝了那瓶酒也会和其他人一样死的，对吗？"

56 秘密

午后又是一场大雨，整个城市笼罩在灰蒙蒙的水雾之中。抗战胜利后持续了几个月的喜庆气氛终于被这场暴雨一扫而空，烟水朦胧的大街上见不到一个人影。真相如同这潮气，已侵入她的每个毛孔，仿佛她正扛着一件厚重的雨衣。夏若生打着伞，疾步走在冷清的四马路上，甚至没有注意到雨水浸透了裤脚。

一辆汽车从她身边疾驶而过，甩起了几尺高的积水。她慌忙跳到一旁，拍打大衣上的水珠，抬头时，只见一个裹了红头巾的锡克交警站在街对面朝她笑。她茫然地转过脸，对这些完全没有看进心里去。

她急于把秘密告诉谁，就像把一枚定时炸弹，或者击鼓传花时的手帕，扔给下一个人。可是谁才能牢牢地接住，并且永远不再传给第三个人呢？

她知道，这世界上最敏感的是孩子的心。他们常以为自己什么都没有看见，什么都没有听见，实际上他们的大脑就像一架永远关不掉的摄像机，录下了每分每秒。

她在法国留学时读过一篇短篇小说。一个妓女时常带嫖客回家，由于公寓狭小，她便把一岁多的儿子安置在一旁的摇篮里，当着他的面与男人们做爱。她认为孩子就像小狗，没有意识和记忆。直到有一天，她对着镜子陶醉于自己的裸体时，发现孩子正在镜子里看她。她似乎突然明白了什么，吓得赶紧用衣服遮住自己的身体。

潜意识里的屈辱和痛苦比你能意识到的更为可怕，因为意识中的情绪可以用各种理由劝慰和消除，而潜意识中的痛苦却像一只你领养的小兽，渐渐被时间喂养大，随时可能苏醒，吃了你。

多年以后，孩子长大了，有了自己的家庭。但在一次发现妻子的出轨行为后，他杀死了她。那个作家写道，他扼住妻子喉咙的那一刻，仿佛看见自己正在扼死自己的母亲。

董家文自称看见了魔鬼，并一口咬定董淑珍也看见了。他没有疯，也没有妄想。在迪瑟白天躲藏于地道，子夜游走于董宅的十年中，一双小女孩的眼睛同样捕捉到了她的影子。

几十年后，画展上用人递上的字条，转身离去的老妇人，父亲百感交集的表情……唤醒了她童年的记忆，和作为一个成年女人的直觉。

这一切都是千真万确的。曾有一个影子与他们一起生活，无处不在。而今天，她又回来了。

今天的董淑珍即便不能完全想通，也已经隐隐约约地明白——父亲早已背叛了自己的家庭。是他引狼入室。他不但没有保护家人，反而纵容那个影子害死了她最亲爱的母亲，并给二哥造成了一生的伤痛……

而后，她无意中发现了律师泄露的遗嘱，委屈和怒火烧疼了她的胸口。回想起董家文说的大哥是恶魔的儿子，她突然什么都想明白了。父亲一直以来偏爱大哥，只因为他的身上流着那个女人的血液！他竟然爱那条恶毒的母狼，胜过爱自己的妻子和妻子的孩子？

即便母亲毫无偏颇地带大了母狼的孩子，却依然难逃厄运。即便她和李欣同辅佐父亲那么多年，却依然换不到他真正的爱和关心。这一切让她感到愈加沮丧和愤怒。

而那一刻，她潜意识中的小兽已经成长为要吃人的猛兽，谁都拴不住了。

不管影子在进行什么样的阴谋，想达到什么目的，董淑珍必须借她之手让他去死。他应该在九泉之下和孤独怕黑的母亲做伴，而不是满面春风地去肮脏的阴阳街上和一个杀人凶手共度良宵！

从小到大依恋她的张猛成了她监视父亲和他旧情人的工具。而张猛对大小姐的绝对忠诚，让他宁愿背叛主人，成为她弑父的帮凶。

迪瑟再也没有机会知道，她并没有错杀自己的爱人。躺在病床的董淑珍说的那一句"背叛家人的人，也是在背叛他自己"，只是胜利者的感叹。她知道自己失去生育能力，全是那个女人的错，但唯一的好消息是，她赢了。

可是谁会愿意听到这些话呢？恐怕这世界上没有一个活人乐于见到这样的真相。她失去了子宫，你还想把她投入大牢吗？不，不，周局长也不会答应。把一切的错都归于一个无亲无故、作恶多端的老妇人是皆大欢喜的结局，这临死前的悔恨或许也是她应受的惩罚。

夏若生走进办公室，发现只有王克飞一人坐在办公大厅，双脚搭在椅子上发呆。

"其他人呢？"

他如梦方醒般地转过身，看到是夏若生，便道："案子破了，周局长放假半天。"说着从烟盒里掏出一支烟，动作缓慢地点着了，似乎还沉浸在某个梦里。

"你也应该回家休息了。"她说。

他答应了一声。

夏若生还在犹豫要不要告诉他另一个版本的故事。她站在门口，看着王克飞的背影，久久地沉默。最终，她决定做一个守信的人。

"有些故事表面上看起来温情脉脉，背后却只剩肮脏的交易；但也有许多故事，表面上叫人毛骨悚然，其实充满了善意。所以，我们永远也赢不了。"

王克飞纳闷地回过头看着她，并不明白她说这番话的意思。

夏若生掏出一枚 1294 的钥匙搁在他桌上。

她本想告诉他，她和他成了邻居。但她突然不想打搅他昏沉沉的梦境。

明天早晨，他们自然会再相见。

57 萧梦

王克飞一个人在警局待至深夜才回家。雨一直没有停。他突然害怕那空荡荡的房间，害怕一切与婚姻有关的记忆。今天上午，他刚把签过字的离婚书寄了出去。

他经过公寓的门房，门卫向他打了一声招呼。他打开信箱，里面只有两份前几天的报纸。他开始缓缓地爬楼梯。他住在三楼。他已经在这里住了将近二十年。萧梦曾提议住到更安静的地方，但他并没有采纳，一是因为他讨厌搬家，二是他已经习惯了走路去警局。

他站在乳白色的家门前，把报纸夹在腋下，掏出钥匙开门。他打开灯，把报纸扔在桌子上，去厨房倒了一杯热水。

他打算明天起床后洗澡。他觉得累。他一边脱掉大衣，一边走向房间。这时，他突然感觉脚下踩到了什么东西，捡起来一看，是钥匙。

一道闪电过后，黑漆漆的房间中央出现一个飘浮的人影，几乎顶住天花板。

他困惑地打开了房间的灯。

顿时，他全身变得僵硬，站在原地无法动弹。

一双垂直的脚尖，像跳着芭蕾。他的视线缓缓往上移。她身上皱巴巴的旗袍堆积在大腿上，双手顺从地垂在两侧。她胸部的小丘，投下浓浓的阴影。长筒丝袜打成的圈，勒住了她的喉咙。她的眼球凸出，嘴咧向一旁，面目狰狞。

萧梦死了。

他目瞪口呆地走过去，抚摸她的大腿，仰起头再一次辨认她的脸。吊灯发出刺目的光芒，叫他睁不开眼睛。他不明白这是否又是一个荒唐的噩梦……

图书在版编目（CIP）数据

花与药 / 何袜皮著 . –– 长沙：湖南文艺出版社，2022.6

ISBN 978–7–5726–0664–9

Ⅰ. ①花… Ⅱ. ①何… Ⅲ. ①长篇小说 – 中国 – 当代 Ⅳ. ①I247.5

中国版本图书馆 CIP 数据核字（2022）第 065970 号

上架建议：小说·悬疑推理

HUA YU YAO
花与药

作　　者：何袜皮
出 版 人：曾赛丰
责任编辑：吕苗莉
监　　制：毛闽峰
策划编辑：周子琦
文案编辑：周子琦
营销编辑：刘　珣　焦亚楠
装帧设计：潘雪琴
插　　画：方块阿兽
出　　版：湖南文艺出版社
　　　　　（长沙市雨花区东二环一段 508 号　邮编：410014）
网　　址：www.hnwy.net
印　　刷：北京嘉业印刷厂
经　　销：新华书店
开　　本：680mm × 955mm　1/16
字　　数：161 千字
印　　张：16
版　　次：2022 年 6 月第 1 版
印　　次：2022 年 6 月第 1 次印刷
书　　号：ISBN 978-7-5726-0664-9
定　　价：54.80 元

若有质量问题，请致电质量监督电话：010-59096394
团购电话：010-59320018